火まつり

Kenji
NAkaGamI

中上健次

P+D
BOOKS
小学館

目次

火まつり（小説）

良太が達男らにまじって十津川《とつかわ》の奥の山に入ったのは、五月も半ばに入ってからだった。山仕事は良太にははじめてだった。それまで同様、達男の山仕事仲間らは四人変らなかったが、一人山仕事に鞍更《くらが》えした良太が混っているので、皆、調子が狂っているようだった。良太は山仕事がもの珍しく、面白かった。

良太は達男によく訊《き》いた。達男は大きな男だった。ただ、夏の日に燃え出し勢いよく伸びる下草を刈り続けろ、横に広がり無駄に伸びる杉の脇の枝を切れ、これ以上許せば互いに浸透し合い自滅するから発育の遅れた物を斬り倒せと言うばかりだった。

良太が達男らの山仕事の仲間に加わったのは、高校在学中に取得した運転免許を、木本《きのもと》の駅前で起こした事故で取り上げられたからだった。その事故の報《しら》せが伝わった時は、集会場でごろごろつるんで廻る同じ頭寸の青年会の若衆らだけでなく、漁師も、山仕事に出る者らも、近くに石切り人夫に出る者らも、誰彼の区別なく、二木島《にぎしま》の者は起こるべくして起こった事故だと言いあったのだった。

中学までは二木島にある二木島中学校に通ったので、さして目立った悪作《わるさ》はしなかったが、バスか汽車で通う木本の高校に行きはじめてから、良太は突然、変った。

或る朝、自分の身の二つも入るようなダブダブの服を着て、髪にポマードをべったりとつけてかため、オートバイに乗って漁協前の広場にあらわれ、二木島の先の須崎《すさき》から汽車通学する女の子を、「オートバイに乗したるど」と呼んで汽車からわざわざ降ろしてから、木本や有馬《ありま》の不良仲間と車で群をなして走り廻り、ハンドルを切りそこねて駅前の土産物屋に突っ込み、店の大半をメチャクチャにし車を大破させる事故まで一直線だった。

同乗者もいなかったし、店のほうも怪我人がなく壊した物を金で支払うだけで済んだが、高校卒業して以来、親の顔で勤めていた漁協の専従の仕事は棒にふらざるを得なくなった。漁協専従と言っても良太の場合、事務を取るわけでもなく、二木島の漁協が扱い切れない品物を峠ひとつ向うの尾鷲《おわせ》に運ぶという運転手の仕事だった。

良太の役は二木島というどん詰まりに拠点を持つ漁師のこすからさのたま物だった。良太もそれを心得ていた。漁協を持ち、仲買が入り、セリがある以上、二木島の漁師が獲った魚は何であれ二木島でさばくのが常識だが、漁師らは無線で尾鷲のセリ値は幾らなのか、遊木《ゆき》や大泊《おおどまり》のは、さらに県をこえて新宮《しんぐう》は、勝浦は、と問いあわせ、値のよい高級魚に限ってフルスピードで運んでくれと頼んだ。

一日に稼動時間二時間ばかり、後の空時間は夏休み最中の高校生のように遊んでいても何もいわなかったが、運転免許を取り上げられた良太となると、苦情が殺到した。良太も二木島の者誰彼なしに投げかける冷たい視線を感じたのか、或る日、自分の方から漁協を辞める、達男に従《つ》いて山仕事をすると言い出したのだった。

漁師も女らも驚いたが、それが良太に一等むいているとすぐ納得したのだった。

「毒に毒でおさえるんやの」

女らは言いあった。

「達男らに会うたら、まだ赤子やのに」

中には良太が達男に感化され、一層悪作に磨きがかかり、とてつもないワルにのしあがっていくのではないかと不安がる者もいた。

達男の家は二木島の湾の左手に、まるで神世の代から二木島に住んでいる一統だと暗黙のうちに主張するように建っていた。

家の一部は達男の父親が死に、七人きょうだいの一等末に生れた男の子として目に入れても痛くないほどの可愛がられようで育った達男の代になって、屋根を葺《ふ》きかえ子供部屋を建て増ししているが、あたりに家がまばらなせいか湾を見おろすように建った小さな城の観を呈していた。

達男の家からまっすぐ湾ぞいにのびた先に、赤い鳥居があった。その鳥居のすぐ下が祭りの日に神に奉納し、その後、細かく切って頂いて口にするカケノイオを獲る為の禁区だった。子供の頃から良太どころの話でなく達男の繰り返した神をも畏《おそ》れない悪作は、湾の左側一帯が、いつの頃からなのか達男の家の持ち物であり、その鳥居のあたりも達男の家の物だと思い上がってのことだった。

良太も達男のワルを聴いていた。達男も山仕事をやっているが、初めから山仕事をやっていたわけではなかった。或る日、若衆らをそそのかして酒盛りの肴《さかな》を用達しようと禁区で夜釣りをやらかした。長い間、海が暴風《しけ》でおさまらず、そのうち波田須《はだす》、新鹿《あたしか》、遊木、二木島と海岸線一帯に崖くずれが起こり、死者まで出る始末になった。

若い衆の一人が、神でもないのに禁区で釣りあげたカケノイオを食ったせいだと二木島の年寄りにうちあけ、驚愕《きようがく》した年寄りが村の者を集め、達男の家に行った。その頃まだ生きていた達男の父親は村の者に詫びて、達男には二度と海に出させない、と誓い、その日のうちに祈禱師を呼んで浄《きよ》めの儀式をやり、村の者らを納得させた。しかし達男は平気で次の日も漁に出た。若い漁師ら何人もいたが、達男を引き止めればどういう事になるのか分かっていたし、元々が幼い頃から達男に抑え込まれ手下として振る舞っていたので文句一つ言う気もない。

達男が漁を辞め、山仕事に出はじめたのは、父親が八十六で死んでからだった。達男は二十八歳になっていた。二木島の者らは猫かわいがりに可愛がられ怖い者なしに育った達男にも、人並みに反省する時期が来たのだと言い合った。しかし内実は違った。

達男は青年会に君臨し続け、祭りをひき廻した。汽車が通り、木本まで細く曲りくねりながらも道のついた今になって、齢取った者らの記憶の中にしか残っていない夜這《よば》いをし、見つかると「遊びじゃよ」と居直った。

夜這いをされそうになった女の亭主が、「われ、自分のカカ、夜這いされたらどう思うんな」と勢い込んで怒鳴ると、「かまんわだ。したてくれ。見つかったら首へシ折られるの覚悟じゃから、俺のカカに夜這いする奴ア、エライ」とうそぶく。

女らは顔をしかめながら突然降ってわいたような達男の新種の悪作を話すが、誰もが心のうちで面白がっている事は確かだった。山仕事を始めた良太がありあまるほど噂のある達男にまっ先に訊いたのは、その夜這いのことだった。

達男は良太の顔を見ただけで答えず、かわりに人夫の一人が、微に入り細に入り話した。

夜這いをするには相手の娘や人の嫁と何らかの合意がなければならない。普段なら閉め切っているのに、その夜は雨戸のカンヌキが一つはずれているし、戸の鍵が掛けられていない。親や亭主に気づかれない為に、雨戸の戸のみぞに小便を掛け、濡らし、開く戸の音を殺す。戸を開けて中に入り、目を闇にならしたなら、めざす相手に一直線にゆく。その話を耳にしながら達男は笑った。良太は達男の笑いをめざとく見つけ、「アニ、何ない？」と訊く。達男は良太に声を掛けられる事が気に食わないというように見て、「毛の生えたばかりのガキに、早い」と言い、腹いせをやるように人夫のタケを呼ぶ。タケが声に気づいて振り返ると、達男は立ちあがり作業ズボンについた下草の切れっ端を手で払い合図をして山の尾根の方へ行こうと先に立って斜面を登り出した。

タケが達男に渋々従いていくのは分かっていた。朝から休みなしに斜面にへばりつくように前屈みになって林転する為の雑木山を斬り払い続け、やっと手に入れた休みの時間だから、ただ坐って斜面を這いのぼってくる山の風に吹かれ、汗で熱をもった体をさましたい。タケは達男のはるか後から従いていく。達男の一等末の姉婿の順造が雑木の茂みをかきわけて斜面を登ってゆく二人を笑い、「まだ、かかっとらせんど」と言い、汗を拭いている良太に「見に連れてもらわんのか?」と訊く。良太は二人が何をしに行ったかわからず、「何?」と訊き返す。

「あれら朝、仕事のはじまる前、尾根に行ったじゃろ。尾根に小鳥の通り道あるんじゃと言って、幾つもコブチを仕掛けたんじゃ。コブチ」

順造は良太を見てからかうように言う。

「仲間に入れてもらわんのか?」

良太はふんと鼻で吹いた。良太は達男らの歩いていった茂みの方から顔をそらし、まだ切り払っていない斜面の茂みの方を見る。

間断なく風が吹きつけ、枝と枝がこすれ合い葉が震えて鳴る。強い風が吹くと雑木の萌え出た柔らかい若葉は光を撥《は》ねながら葉裏を見せる。風が止むと周りは青くさい匂いに満ちた。ナタを入れたりチェーンソーで斬り落とした椎《しい》や橅《ぶな》の木、常緑のバベや椿の幹や枝から流れ出した樹液の匂いが鼻についた。

下の渓流にまで水を汲みに行こうとして立ちあがった時、達男とタケが頭をコブチのワナにくだかれて死んだツグミを持って戻って来た。下に降りて行きかかる良太に見ろと言うように足元に放り、達男は思いついたとしゃがみ、ツグミの羽根をむしる。

達男はナイフでツグミの腹を裂いた。タケ一人、注意深く粘ったツグミの血で汚れた達男の指先を見つめていたが、順造も他の二人も見ていなかった。腹を裂き、小さな餌袋《えさぶくろ》を取り出してナイフの先で裂き、達男は「あった、あった」と声を出して、指先に紅い粒を取り出した。

「餌じゃよ、餌」

達男はツグミよりもツグミが啄《ついば》んだ紅い木の実が貴重なもののように言う。

達男は仕事に入ると寡黙だった。山仕事は絶えず五人六人と組をくんで出かけるのが常だったので、一人突飛な事も出来なければ、若くて気力があるからと言って他の者の仕事の仕具合を勘定に入れなければすぐ仲間割れしてしまうのが常道だが、達男らの組は順造が末の姉婿、タケが順造のイトコで昔からの達男の手下、さらに人夫仲間の六郎が達男の分家筋に当るというつながりがあったので、自然に達男をもりたてたり、達男を牽制したりする役割がうまく行くのか、雇っている山林業者の方もことさらひいきにしているようだった。二木島の者らは達男の山仕事の仲間に年端もいかない良太が加わって何が起こるのか、注意深く見ていた。

春から初夏にかけて小アジとヨコアの季節に当り水揚げの量はさして多くはなかったが、それでも港はにぎわい、漁のない日、漁師らの網を干す脇に女や老婆らがたむろし、話はいつの間にか、札つきのワルに札つきのひ若いワルが加わった達男らの仲間の話になった。

達男は何もかも調子の違う良太にとまどっているし、良太の方も、山で働く事に不馴れだし、それにおよそ二十も齢の違う大男の達男の器量をはかりかね、おとなしくしている。漁師の浩二が、「この間、その崖の上で、良太、コブチの仕掛け方、あのアニに習っとったど」と言い出す。浩二は意外に思って良太に「おまえ、知っとるじゃろ」と訊いたのだった。良太は達男の前で、「知らん」と言い、木の弾力を利用して水糸を結び餌を啄みに来た小鳥を獲る仕掛けを「これは、こうするんかん。この糸は？」と訊いている。達男は傍の浩二を見て、良太を見る。達男はすでに良太が演技をしているのを見抜き、浩二に見てみろと言うように笑いを浮かべるが、良太の演技にかつがれたように、「どぐさい奴じゃ。この中に通したらええんじゃ」と答えている。

良太は浩二と山を降りながら、「ほんとのコブチ、見せたろか？」と言う。良太は雑木の茂みの中に入っていった。落葉の上にバナナの房と赤いハイヒールが片方並べておいてあった。寄ろうとする浩二を良太は止めて棒をつっこむ。上からバシッと、ゴムのバネを利用した竹の筒が落ちる。良太は猿を取るコブチだ、人間でも獲れる、と自慢したが、コブチの仕掛け方を知っていながら自分に訊いていると達男は気づいている、と浩二が言うと、不機嫌になった。

女らは浩二の言葉に、ワルの知恵では達男は一つも二つも良太より上だ、と言い出し、そのうち達男が生れたばかりの頃、七番目にやっと生れた男の子だったので、三つにもならないうちに父親は祭りの稚児に達男を仕立てて、持っていた山を売るほどの盛大な振る舞いをした、大きく育つまで親が従いてまわらない時はなかった、と子供の頃の話に及ぶ。

紀勢線が全通するまでとそれ以降と二木島の生活は大きく違った。女らは言いあった。紀勢線全通までは土地持ちや網元らの五、六軒だけがお大尽で、他はかつかつの暮らしを送るように貧富の差はくっきりあったが、今は、達男の家と良太の家の違いはあまりない。本家と分家筋の差もない。テレビは達男の家と良太の家でも同じチャンネル数だけ写る。共同アンテナの線をはずせば代々お大尽の暮らしをして来た達男の家のものであろうと白っぽいままだ。

女らは山で働く達男に内心は同情的だった。というのも達男の父親の代にあった本家の威厳も、時が時だけに落ちている。姉らの大半は二木島の外に嫁いでいるので法事を一つすると言っても、世話は達男の家と二木島に残った二人の姉らだけでせざるを得ないが、達男と親子ほど離れた外に嫁いだ姉らは、昔の父親の代の本家を記憶しているので何かと不満になり、達男の尻をたたく。

達男が叱れば黙り込むが、物言わなければ、法事の茶菓子ひとつ、坐る席ひとつに不満をもらし、そのうち分家筋や参会の漁師らにあたりはじめる。特に達男の三番目と四番目の姉らは丁度、紀勢線全通の時、娘盛りだというので、テープカットをした県知事と町長のそれぞれに花束を贈呈した、と言うのが得意の話だった。紀勢線は達男の家が持っていた山の二つまでを通った。山を売り渡せと言う国鉄の申し入れに父親は悩み抜き、二木島が発展するならと神代から持っていた山を提供したのだった。

達男が子供の頃から手に負えぬような悪作をするのは、女らにはよく分かった。中学の三年生の頃、少年らが集会場に泊り込み、二木島の娘らだけでなく他所《よそ》の娘まで引きずり込んでいるのがわかった。その主謀者が達男だった。引きずり込まれ、少年らにタライ廻しされ、あげく少年の一人と夫婦同然に振る舞っていた娘の親は警察に駆け込もうとして、まだ生きていた達男の父親に止められた。達男の父親の提案で少年や少女らの親すべてが会館に集まり、事を警察に報告して大きくしても誰も得にならない、少年らは不良だとして鑑別所に放り込まれるのが関の山だし、娘の方もキズ物として世間に知れ渡る、と話しあい、それで事は一切なかった事になった。

その事を二木島の者らに教えたのは、当の達男だった。達男は訊かれるまま、集会場を根城にしていた少女の名を挙げ、さらに達男が外に呼び出して思いを遂げた娘らの名を挙げた。達男に話を訊き出した若衆らの中に娘に想いをかけている者もいたので騒然となった。達男に喧嘩をしかける者も、達男が十五歳にして大人として充分通用する腕力も体力もあると分かった。

そんな達男に女らは事を起こすたびに、その都度「年寄った親に甘やかされたから」「女らにかしずかれ、人、自分の言うとおりにするの、当り前やと思とるさか」と顔をしかめたが、達男という男に憎み切れない気持ちを持っている事も確かだった。二木島で晴れ上がったのに山奥でドシャブリの雨だと不意に戻って来た時など、山仕事に就いている彼氏を持ったように「昼間から心の準備も出来てないのに、厭やで」と声を掛ける。達男の方はいつも自分に苦情を言ったり非難をしたりする漁師の女らから声が掛かったので、とまどい、バツ悪げに笑うだけだった。女の方は不意を突かれてとまどった達男の笑いを見て、達男が十五の時に二十の娘を呼び出して物にして一向に不思議でなかった男振りなのをあらためて気づく。

良太が達男の後を従いて山仕事に行きはじめておとなしくなったのは、毒が毒を制するようにワルがワルを制したのだと女らは言った。良太の方のワルはさして効き目はないかもしれないが、それでもワルがワルでかすかにでも中和されでもすれば、達男も二木島の者の総意の観光開発に聴く耳を持つようになる。

二木島は隣の須崎で木本から海岸沿いに通る道が行きどまりになっているので、他所の車が入って来ないせいか、海もすき透っていた。天然の深い入江なので、外がしけても風雨はさして湾の中にまで届かず、天気に関係なくねっとりと粘りつくような海と山の対比の美しさがあった。家々は丁度、湾と港とその中にある漁協組合の広場、駅を取り囲むように、山のすそを段々に切り展《ひら》いて建ててあるので、どの地点の家の窓からでも海は見えた。船が入ってくれば誰のものか一目で分かったし、声を掛ければ漁の具合も訊ける。

よく観光業者が、「下見に来た」と言って、渡船の男らと共に粘りつくように青い海に出て海岸線をひと廻りし、禁区のある鳥居のあたりから達男の家の真下あたりをのぞき込んだ。そこは達男の家の私有地のすぐ下だったから、船をつける者もないので、ゴミ一つ浮いてはいなかった。下にはサンゴが生えていた。観光業者はそのサンゴが日本で見る事の出来る北限のものだと言った。観光業者から一度ならず二度、三度と、そのサンゴを目玉にして美しい二木島の湾の中を外から来た自然に餓えた者に見せる海中公園の話が、漁協や町の自治会に持ち込まれた。湾の中も、海の底も誰のものでもなく町や市のものだが、その上の土地は達男の家のものだった。

達男は首を縦にふらなかった。家のすぐ下から湾の鳥居のあたりまで売ってくれ、そうでなかったら貸してくれ。達男は一笑に付した。

たとえ美しいサンゴの海底を見せる海中公園が出来ようと、三重県のはずれの木本の、さらに奥まったところにある二木島に何人都会から客がやってくるのか。

確かに達男の言うように海中公園は非現実すぎた。達男が中学二年の時に全線開通した、名古屋から大阪まで紀伊半島の海岸線を一周する紀勢線は、時が経つに従って乗る客が少なくなり、一年前まであった勝浦発の夜行寝台車は廃止の目にあっていた。白浜、勝浦の観光客も激減していた。

那智、瀞八丁《どろはっちょう》へ訪れる者も減った。誰が考えても観光客の減少は当然すぎる事だった。白浜はいざ知らず勝浦や那智、木本へ足を運ぶには遠すぎ、不便すぎる。物は高く、人情は悪い。二木島の者でもそれは分かった。テレビで次々放映される海外の観光地に若い客らが足を向けるのは当然の事と思われた。

二木島にも出入りするブローカーが、海水浴場のある新鹿の隣の波田須に大手のホテルが土地を買い、リゾートホテルをつくる計画を持っていると噂を広めた。ブローカーはその舌の根も乾かないうちに、波田須に中部電力の原子力発電所が来る、それで波田須や新鹿の者らは漁業補償や観光補償をあてにして、他所に出た者の空屋や山の畑を買い込んでいると伝えた。ブローカーは札つきだったので、他所へ出た者の空屋や空地の登記証をチラつかせても誰も乗る者がなかったが、二木島の者らは達男が海中公園を一笑に付したのは、いずれどこかにつくられると噂のある原子力発電所をにらんでの事だったのか、と噂した。女らは原子力と聴いただけで震え上がった。

「あの達男なら、おう、よっしゃ、そんなに厭がるもんじゃったら、俺の家の地所に建てたらええ、と言うかも分からん」

女の一人は言った。

「海中公園の方がよっぽどええのに。わしら手ェすいた時、土産物屋でも働ける」

女らは話しながらも半信半疑だった。誰も本心から海中公園や原子力発電所の話を信じている者はいなかった。ただそれより須崎の先で行きどまりになっている海岸線を通る道に県と国の予算が下り、いつでも車の通れる道路として整備される状態になる、という方が現実味がある。

考えてみれば尾鷲から木本までは、昔からの難所だった。尾鷲と木本の間には山が幾つもあった。山は小さな半島状に海につき出していた。だから山に道がつく以前は、尾鷲と木本の連絡は、半島状に海に突き出した海岸線にある新鹿や二木島、九鬼《くき》を船が通るしかなかったのだった。

山についた道にバスが走り出してから、船は意味が変った。さらに紀勢線が開通してから、船の運航は用がないものとして取りやめになった。その後、何年かして、山の上を大きな道が通り難所として名高かった矢ノ川峠《やこ》にトンネルがつくられ、尾鷲、木本間は車で行けるようになったが、最後まで残ったのが、尾鷲から木本までの海岸線を通る道路だった。二木島の隣の須崎までしか木本からの道は来ていず、さらに須崎から尾鷲までの道は、昔、伊勢詣でをする時に使った古道しかない。尾鷲の方へ抜ける道がなくとも、汽車があるのでさして不便には感じなかったし、さらに漁師らの特性なのか、昔、海岸線に巣喰っていた熊野水軍の性格が今もって残っているのか、船に乗れば陸路で遠いところもひと走りだという思いがあったが、気持ちの中で、片方の道が須崎で行き止まりだというのはわだかまりとしてある。

その行き止まりの箇所がまもなく整備されるという。女らは積年の胸のつかえがとれると話しあったが、内心で、いままで外から暴風も入り込んで来なかった眠り込んでいるような二木島が、道一つ開いた事で突風にさらされ続ける気がし、落ちつかなかった。達男は漁師の女らのそんな気持ちを分かっていた。雑木をあらかた払ったので杉の苗の植わった山に移り、下草刈りの合い間に姉婿の順造や六郎の話す二木島に渦巻く噂を耳にし、女らが漠然とした苛立《いらだ》ちに襲われているのだと感じた。達男は順造の顔を見て、ニヤリと笑う。

「アニ、二木島の女ら、俺が何にも悪作やらなんだら、さびしいんじゃ。何にもせんとアニらと山仕事の人夫しとるさかじゃし、かもてもらえんから」

順造は達男が何を言い出したのか分かる。順造は達男の手下のタケを見、さらにはるか下の方で斜面に姿を見せたウサギを捕えるのだと穴をのぞいている良太を見る。達男は順造が気づかいをしているのを知り、苦笑し、「漁業で働いとるクニも、サトミも、他の女らも俺には昔の事じゃ」とつぶやく。

「声掛けたら従いてくるけど」

タケが言う。達男は手を振る。

「タケまで手つけとったら女ら、いらん。魚くさくなった女らに手出さんでも、二木島からちょっと出たらようけ女おる」

達男は内緒の話をしてやると言うように、あごをしゃくって坐れとタケに合図し、去年の夏、新鹿に海水浴に来ていた女と新宮の山林業者の家のそばで会い、つきあった、と言い出す。良太がウサギの穴をさがすのをあきらめ歩いてくる。達男は良太を見てから、順造に「新宮のホテルに入って出て来たとこをバッタリとこれに会うたんじゃ。これはいまこんな格好しとるが、その時はサングラスかけとる」と言う。

「アニじゃと分からなんださか」

良太は言う。

「俺が女をかくすように歩きはじめると、これらの仲間らが従いてくる。後からからかう。仕方なしに三人くらい、俺がどついたんか」

「俺も殴られた」

良太は明るく言う。

「俺はこいつがサングラス飛んでから、俺の向う張る二木島のワルの高校生じゃとわかったんじゃが、一番、心配じゃったのは、カカに言われる事でない、母親や姉らに言われる事じゃった。あれら、ウルさい。カカ、黙っとるのに、カカにたきつけて廻るんじゃ。こいつも殴られた腹いせに、誰に言うたら、俺が一番立往生するか知っとる。それでまず漁協のトキに言うたんじゃ。このトキがまたウルさい」

「身から出たサビと違うんかよ」

順造は五十をはるか越えたトキの顔を思い出したように笑う。順造の笑いを見て達男も苦笑する。

「おうよ、身から出たサビじゃよ」

達男はバツ悪げに草の茎を嚙《か》む。あたりに漂う草の青い匂いが一層濃く鼻につく。達男は草の茎をぷっと吹きとばし「順造アニ、今の皺《しわ》クチャババのトキじゃなしに、俺が十五の時じゃから、ちょうど味の分かる盛りの時機じゃったんじゃから」と苦笑しながら弁解し、思いついたように良太をこづく。

「これが悪い。まだカカに言うてくれるんじゃったらええけど、トキに、達男が新宮で女とホテルにいっとった、としゃべったんで、漁協の前通るたびに、宗旨更えしたんやの、サルにも覗《のど》かれせんさかええわだ、と言う」

「宗旨更えというの、何ない?」

「山じゃとか、舟の上じゃなしに、ホテルでするようになったんか、と言うとる」

達男が言うと、良太が「アニ、舟、専門じゃさかか」とつぶやく。

「よう知っとるんじゃね」

タケが間髪《はつ》を入れず言う。

「達男ら漁やっとる昔から、女、舟に乗せてやっとるんじゃもん」

「おまえも」達男がタケを見て言う。

「親だけ知らんと。達男は漁師のように働かいでもええのに、毎日、漁に出て行くさか見上げたもんじゃと言うとった」順造が言う。

「オヤジはモウロクしとったさか」

達男はつぶやく。ふと思いついたように、

「この良太やトキぐらいで止まっとったら俺は何ともないが、母親や姉らがそれを耳に入れて騒ぐ」

達男は一番言いたい事を言い残したように黙る。達男は母親や姉らがさも大事件を起こしたように、達男がふしだらで見境いないと嘆くのを思い出しながら、下草刈りの仕事に戻る。達男は下草を刈りながら、杉の苗はまだひ弱だと知る。下草は放っておくと杉をおおい、窒息させ枯れさせるほどの勢いでのびる。達男は母親や姉らも結局は二木島の者らと変らず、達男が何かをしでかし、それを嘆きたい、と待っているのだと思うのだった。良太はその達男をじっと見つめていた。良太は達男の息とリズムを合わせるように呼吸しながら、二木島で自分が生れるより以前から特別視され、ワルとして噂の中心にいた男が本当にすぐそばにいる達男かと確かめるように見つめていた。

良太は達男のやっている事をほとんど知っている。高校時代は仲間と遊ぶだけでこの体の大きな、城のような家に住む達男をさして気にしなかったが、卒業して漁協の専従に入ってから、自分を越えるワルの男がいると気になりだした。良太は達男の後をつけた事もあった。夜遅く車が走り出したので良太も車を走らせた。達男は渓流の中ほどに来て停り、ズガニのワナを仕掛け出した。拍子抜けして、闇の中で良太は笑った。ウグイスのヒナをさがしに漁師のトシオや人夫のタケのような手下を連れている時もあったし独りの時もあった。良太も遊び仲間の浩二も、達男や同じ年代のトシオらが、若い者らですらやらないたわいもない遊びに興じているのを笑った。

漁も山仕事も石の切り出しの仕事も出来ない雨の日に、家でテレビを視てもしようがないので、二木島の若衆はなんとなしに集会場に集まり、酒を飲んだり花札をやったりしているが、達男は思いついたようにフラリとやって来て、集会場にいるのは世代が更《かわ》り良太とさして変らない齢の若衆ばかりだと改めて気づいたように、また雨の中を帰る。

「アニ、酒飲まんこ」

浩二が、達男にちょっかいを出すように訊く。達男は相手にしないように振り返りもしない。すぐ車の音がする。晴れた昼でも物音のさしてない二木島だから雨の日は一層、音が響く。達男の車はすりばち型の二木島の中についたコの字の道をトンネルの方に向う。集会場の窓からは、車に乗り込んだところからトンネルに入って行くまで、のぞこうと思えば一部始終のぞける。それは二木島のどの家の窓からでも同じだった。どの家の窓からでものぞけるから、トンネルを抜けて二木島に入って来た小型トラックの荷台を改良して物を積んだ雑貨屋は、トンネルから顔を出した途端、海岸線を走り廻ったり山の中を廻ったりするのに常時掛けているオルゴールの音楽を止めた。

「あんたケチやの。なんで音とめるん？」

客の女が雑貨屋をからかうと、雑貨屋は音を鳴らして合図しなくとも、昼どきに家の窓から顔を出せば雑貨屋の小型トラックが来ているのかどうか分かる、ケチではない、無駄な事をしないのだ、と言った。二木島の駅もそうだった。良太が他所の町の中学生や高校生の女の子を集会場に呼んだのは、駅のホームがどこからでも見られるからだった。それを知っていてわざと大声で呼んだのだった。

達男はさして人と違った事をやっているわけでもなかった。山仕事仲間の順造も六郎もタケも、達男に気配りをしていたが、達男がワルだからではなく、一統の中心の男だからそうするという昔からの習い性だと良太は考えた。良太は達男の働きぶりや振る舞いを見て爽やかすぎると思った。良太には眩《まば》ゆかった。達男は上半身裸で草を刈る。良太のものとは比較にならない重く厚い筋肉が腕の動き、体の動きと共に、まるで達男と別個の生き物のようにうごめく。順造が声を掛ける。達男は気まぐれに答えたり答えなかったりする。仕事をしている達男は、まるで鼻先一つで仲間を動かせるように完全に君臨している。良太は達男に合わせながら刈りすすむ。斜面を前かがみになって仕事をしつづけるものだから、鎌で切り進み足で払っていると、目の前の草が風を受けていちどきに身を起こし、逆襲しかかる気がする。単に風が吹いて斜面の草を波立たせ、渦巻きをつくらせているのだと分かりながら、刈られるチガヤやススキに知恵があり、鎌を振り上げる良太に幻術を使っている気になる。疲れと熱で青い草の匂いも息苦しい頃になると、風で渦巻く草は暴風た海の波のような気がする。

良太は苦しくなる度に達男を見た。達男の裸の背に汗が吹き出、額から滴となってたれるのをぬぐう達男を見て、良太は自分一人苦しいのではないと安堵した。

昼飯の時間、良太は飯を食い終ると、断わりもなしに一直線に山の下を流れる渓流に行った。車を乗り廻し、暴走族の一人として木本を中心に尾鷲から新宮の方まで名を知られた頃と違って、髪は短く刈っていたので気にせずに良太は、顔を頭から渓流につけて洗い、汗をふいたが、熱を持った体に冷たい渓流の水が当る心地よさを感じるたびに、自分一人そんな事をしているると思い、どうして達男も他の人夫も汗をかいたまま平気でいられるのだろうかと考えた。濡れそぼったまま良太は人夫らがたむろしている場所に歩いた。

「アニら、水冷たて気持ちええど」と良太が言うと、順造が苦笑し、「あんまり山の中で裸見せるもんでない」と言う。

「神さん、女じゃさか、しょっちゅう見とったらあきてしまう」

「良太のら、見よか」

タケが笑う。

「わしら十年も二十年も山に入っとるんじゃさか」

タケは達男の代りに小悪党の良太に意見した、というように達男を見る。達男は良太の知らないところで女だという山の神と密約が出来、秘儀を繰り返しているというように、顔を山の際の方に向ける。吹いている微風が低い葉ずれの音を周囲につくっていた。良太耳を澄ますと山の樹木を渡る風の音に混って、遠くから波を打つ割れた金属音が届く。良太の耳にも、人夫らの耳にもその金属音は二木島にもやってくる小型トラックの雑貨屋が、海岸線や山道を走り廻るさいにかけるオルゴールのような音だと分かっているが、達男が顔をあげて耳を澄ましているのを見ると、重なった山と山が自然に吐き出したもののように思える。


二木島にその女がやって来たという噂は、山仕事を終えて、二木島に帰りついてすぐに良太は耳にした。達男も他の人夫らも意に介さないように家へ向ったが、女の一人は良太をわざわざ呼びとめ、憤慨をぶちまけるように、「えらい女じゃ」と女の過去まで洗いざらいぶちまけはじめた。漁協の女は一人話しはじめると、熱中していた仕事の手まで休めてもう一人が話に加わるのが常だった。女らにつかまった良太を、網をつくろう漁師らがニヤニヤしながら見ていた。

札つきのキミコという女は二木島に舞い戻るのに、よりにもよって船でやって来た。キミコを船に乗せて来たのは、漁師に厭気がさし釣り客を運ぶ渡船に鞍更えしようとしているキイやんだった。キイやんはキミコを二木島の港に降ろすと、丁度居あわせた漁協の女らの眼から逃げるように、あたふたと船を方向転換させて、釣り客を島から連れ戻してくれと遊木の渡船業者に頼まれている、と言って湾の外に走り出ていった。港で後かたづけをしたり、夜の漁にそなえて準備をしていた漁師らは昔こりた事も時効になったというように、思いがけない方向から舞い戻ったキミコに「綺麗《きれい》じゃね」「大っきなったね」と声を掛けてからかった。

「えらいとこから来たんじゃね」

漁師のマサオが声をかけると、キミコは持っていた日傘を振り、「わァ、マサキン」と声を上げる。パーマをかけ胸の大きく開いたまっ赤な服を着ているキミコに子供の頃の仇名を呼ばれ、マサオは齢がいもなくおたおたしている。キミコは自分の方から、新宮の街中でキイやんに会い、面白そうだから新宮から二木島まで船で来たのだと話した。

「赤い服やね」と漁師の一人がからかうと「ハシリカネみたいやろ」と訊く。「ハシリカネ?」漁師が訊き返すと、キミコは急に小声で「タコ」と言う。トシオが口を突き出してタコの真似をする。キミコは漁協の広場で見つめている女らの眼を感じ、それをはねかえすように、「トシやんまだ面白い」と笑い入る。

「本物と違う、ニセのタコ」

間髪を入れずトシオが、雌握りをつくってつき出すと、一人ことさら騒ぐようにワーッと声を立て笑い入る。漁師らははしゃぐキミコを見て、わき立った。達男の家の下方の湾ぞいにつくったハマチのイケスにいた漁師らも、騒ぎにひかれて寄ってくる。

「あれか」

良太はそのキミコという女が何者なのか知らなかった。良太が訊くと女は声をひくめ、達男の家同様に古くから二木島にある網元の息子の嫁の妹だと言った。網元の息子は達男と同い齢だった。達男と比べて貧相で子供の頃から気力がなく、親の財産を食い潰しもしないかわりに増やしもせず、今、スナックをやって呼吸だけしていけばよいというようにひっそりと暮らしている。

元々はキミコもキミコの姉のミサコも二木島の者ではなかった。戦時に伝手《つて》を頼って疎開したのが、戦後になってそのまま居《お》った夫婦に出来た子らだった。夫婦が子らを残して都会地に出てゆき、戻り、また出てゆき、そうこうするうちに、娘らは二木島の男らをわかすような女になっていたのだった。漁師の女は、網元の息子は達男の尻ぬぐいをさせられ、キミコの姉を押しつけられたのだと言った。別な女は、「あれが達男より網元の方が御しやすいと喰いついたんや」と言った。

達男はワルにかけては誰にもひけを取らなかった。キミコの姉をものにする時も、達男は万全の策を講じていた。まず達男は先に自分で姦《や》り、次に網元の息子に姦らせた。網元の息子は達男の行為を見せつけられていて人並みに興奮しているし、命令に逆らえばどういう目にあうのか分かっていたので、キミコの姉を姦った。達男はその一回限りで網元の息子を追い払い、キミコの姉を情婦がわりにして汽車が全開して観光ブームでわき立つ木本で遊び廻った。

いつ達男がミサコの妹のキミコに手をつけたのか分からない。二木島の者らが気づいた頃は達男はミサコとキミコをひき連れている。その頃から男らが騒ぎはじめた。最初は二木島の若衆らがおかしくなりだし、次に漁師や人夫らの大人の男らが、妙な振る舞いをしはじめた。他所から来たミサコとキミコがその元凶だと女らが気づいた。ミサコは十七、キミコは十五になっていた。亭主の様子がおかしいと疑っていた女がミサコに「おまえ、何しとるんな」と問い質《ただ》し、逆にミサコとミサコの味方をする網元の息子に喰ってかかられた。

逆上した女は今度は妹のキミコの方をつかまえ、キミコが言い淀み、目をそらすのを見て、「このガキは」とキミコの髪をひきずり投げとばし、「焼けヒバシでも突込んだろうか」とまだひ弱な体のキミコをねじふせ服をひき裂いた。キミコは「殺すなら殺せえ」とわめいた。周りに誰もいなかったが、誰もが見ていた。キミコは、力まかせに振り廻す女ではなく、姿を顕《あら》わさず視つめている二木島の者らに向って、「わたしにしに来たの、おまえらやないか」とどなった。女はさらに逆上して、小さなキミコの髪をひきずり、「このドインランら、バイタら」とどなる。「ドインランはここの人間やないか。自分も何人もとしてるくせに」

キミコは洗いざらいぶちまけるというようにその女が山仕事の人夫をする男と姦った、と言い、集会場に集まる若衆はどことどこに夜這いしたと言ったのだった。女とキミコはそのまま放っておけば、女がひ弱いキミコを殺してしまうと男らが止めに入った。「罪を人にかつけくさって」と女は言い続けたが、止めに入った男の中に、キミコに名前を挙げられた当の人夫が混っているのを見て、誰もがキミコが嘘を言っていたわけではないと思った。

キミコは次の日から二木島に居なかった。キミコが居なくなってから、もう過去の事だ、何ひとつさし障りはないと、男らは手柄話のように十五のキミコが金を払えば誰にでもさせた、と言い出し、達男がそのキミコを面白半分に操っていたのだと言った。キミコは達男に男らからもらった金を渡した。達男は金に不自由するはずがないので要らないと断わり続けたが、キミコは聞かなかった。

達男からすれば最初、キミコを別な男に抱かせたのは、女を棄《す》てる際の達男流のやり方にすぎなかったのだった。幼いキミコは達男に棄てられるとは思ってもみず、達男のあてがう男を次々に受け入れた。女らはキミコが舞い戻ってきたという話を耳にして、達男が一等衝撃を受けて古傷が痛みはじめているはずだ、と同情するような口ぶりで言った。

「知らんよ、わしら。父さん、糖尿やし、男の子らもおらん。昔と違て高見の見物や」

トキが言うと、カズエが、「綺麗になっとるやないの。そんなん相手にしたら分かるかして」と相の手を入れる。良太は楽しさに喉が鳴るような気がした。達男がついに正体を顕わす。良太は達男がどんな顔をして夕暮までの時間、裏の竹藪の脇につくった紀州犬の訓練所で犬を訓練していているのか見たいと思った。

良太が家に山仕事の道具を置き、家を出かかるとトンネルから浩二がオートバイの尻にミーコを乗せて二木島の漁協の広場に走ってくるのが分かった。良太は玄関に戻り、壁にかけた鍵を取った。母親が奥から「風呂入ってから寄り合いに寄らなんだら、また言われる」と小言を言う。ふと良太はその声を聴いて奇異な感じに襲われた。

鍵を持ったまま玄関に立っていると、気づいたように母親が出て来て、「また悪いくせ出て。免許証、取り上げられとるんやろ。オートバイもあかんと言うたやろ」と言う。良太は突拍子もなく母親に向って、「達男アニと姦ったんか?」と訊く。母親は唖然《あぜん》として良太を見、「ろくでもない事言うとったらどつくど」と手を上げる。良太は飛び出す。達男が、二十歳の時、良太の母親と姦って孕《はら》めば、良太が生れる。オートバイを加速しながら坂道を下り、良太はサーカスの曲芸師のようにそのまま二木島の真中にぽっかりと小高い丘のようにある駅にのぼる。坂道をのぼる。駅員は良太や浩二が曲芸のように勾配のきつい坂道をのぼるたびに怒鳴った。坂の上に着いて停ると下から拍手と指笛がする。

「うまいやんか」

声を耳にして良太はハマチを抱えた漁師二人とスナックの前で立ち話に興じていたように立って、オートバイの良太を見て笑いを浮かべているのがキミコだ、と知った。キミコに言葉を返そうと思うが咄嗟に言葉は出ない。向うから浩二の運転するオートバイがやってくる。それで丁度下にやってくる頃あいを計る為に、サーカスのオートバイ乗りのようにエンジンを空ぶかせぎみにしてグルグル廻り、一直線に坂を駆け降りる。浩二が気づいて加速しなければ、オートバイ同士は激突していた。

浩二のオートバイの尻にまたがったミーコと良太は一直線に並ぶように走った。

「そっちへ乗せて」

ミーコは言った。良太は知らんぷりした。漁協の前でトシオがキャッチボールをしていた。良太がオートバイを停めると浩二も停める。家の方から三匹、犬を連れて達男が歩いてくる。

「こっちへ乗せて」

またミーコが言い、良太の注意を引くようにハンドルを持った腕をたたく。良太はミーコの顔を見る。

「お前、俺の言うやつと姦るか?」

ミーコは達男を見る。良太は「違う」と激しく言い、「あいつじゃ」と首でトシオを教えた。

ミーコは無言のまま良太の頭を思いっきりはたく。

キミコが来たその日から何かが変った、と二木島の誰もが考えた。いや誰もが何かが起こるのだ、と心の内で期待した。というのも、二木島はあまりに変化がなさすぎた。キミコが二木島から姿を消した頃と船で舞い戻った今を比べても、せいぜい瓦屋根の代りにスレートぶきの屋根になった家が多い事や、玄関や縁側をアルミサッシのものに更えた家が増えた事、湾に向ってすりばち型の山肌のすそのにつくった段々が石を積みあげた石垣でなくコンクリ製になった事くらいで、山を切り展いた蜜柑《みかん》畑の緑と湾の青い海がないまぜになってつくり出すねっとりした静けさ、絶えず眠りの甘い愉楽にひたされているような印象は変らなかった。

時おり思いついたように、海中公園や原子力発電所の噂がブローカーの手によって流された時だけ広まったが、誰も心から信用する者はいない。

変化はすぐ顕われた。キミコがやって来てスナックの姉の元に身を寄せたその日から、スナックは男らで満員になり深夜まで声が聴えたのだった。漁師の女らは達男の動きに耳目をそそいだ。達男は一日目も二日目もスナックに顔を見せなかった。キミコはスナックに集まった漁師や山仕事の人夫をする二木島の若衆相手に、新宮の町で仕込んだ客あしらいを披露し、姉のミサコから「あんまり飲まんと」とたしなめられるほど飲みながら、心なしかさみしげだった。

キミコは子供時代の仇名をことさら使った。相手が怒り出す寸前なのに、「ハゲ、こら五円ハゲ」と呼び、ジャンケンしようと言う。ジャンケンして負けた方が水割りを一気に飲む。ただしキミコだけは、水割りをこれ以上飲めないとなったら、かわりに服をぬぐ。五円ハゲと呼ばれた若衆は機嫌をもち直しキミコとジャンケンする。五円ハゲが負け続けると、キミコは「うち、こういう女やから」と五円ハゲに合わせて自分も一気に飲む。グラスの氷を口に含み、五円ハゲに唇を突き出し、唇を重ねて氷を受け取れと言う。氷を五円ハゲの口の中に入れてから、キミコは、振り返り、「ミサちゃん、二木島の若衆らなんにもないからさびしいんやから、これくらいサービスしたりな」と言う。

キミコはトシオに腰を抱きかかえられ、膝の上に坐らせられる。キミコははね起き、「あんたの、大っきいさか、厭」と言い、一瞬、考えるふりをし、「もう処女でないスナックの女やから、こわがることないかア」と独りごちるように言い、自分からトシオの膝の上に坐る。トシオは、キミコの幻術にかかったようにボーッとしてしまった、と言った。

「そんなにええ女になっとるかい」

達男は犬を撫《な》ぜながら言った。達男は犬の首をたたき、仔犬が遊ぶ竹藪の方へ行って来いと放して立ちあがり、トシオの顔を見る。図体の大きなトシオより上背の抜きんでた達男は、並んで立つだけでトシオを威圧しているようだった。

トシオはなじられている気になって「まだやっとらせんど」と弁解する。

「かまうもんか、へるもんでなし」

達男は言い、ふと思いついたように猟銃を両手でかまえるふりをし、「内緒で行こうか」と言う。

「最近ゾロゾロ出て来とる。丁度、犬らにもええ訓練じゃし、昔の女、来たというんで頭にも腰にも集まる血のかたまり取るんに、すっぱりしてええ」

トシオはとまどう。

「猟か、まだ夏にもなり切らんのに」

達男はトシオのとまどいなぞ意に介さなかった。仔犬にイノシシの皮を見せて追わせていた良太が皮を仔犬に投げ与えて立ちあがった。「アニ、俺、行たろか」と良太が言うと、トシオは急にムカッ腹が立ったように「われのような毛はえたばっかしの奴に、何の獲物が狙える」と眼をむいてどなる。

「アニ、俺も紀州犬と同じじゃ。子供の頃から狙ろた物、逃がさへん」

良太が言うと、達男はニヤリと笑い、わかったと言うように良太の頭をこづく。良太はトシオに挑戦するように、「女を欲しんじゃったら、若いのじゃったら幾らでも連れて来たる」と言う。

いつ裏山へ出かけたのか、次の日の昼すぎ、三人が特上の獲物だとうそぶいてドサッと広場に積み重ねて放り置いた物を見て、漁協の女らは悲鳴を上げた。猿は雌雄五匹いた。男らは絶句した。良太は積み重ねたうちの雄の一匹を広げ、その上に雌の頭を重ねた。

「こんな風に姦っとった事、二匹いっぺんに射ち殺したんじゃと、あのスナックに持ってたるんじゃとこのアニら二人、言うとる。トシオアニの得意なポーズなんじゃと」

良太はもう一匹の雄を引きずり出し、のぞき込んだ浩二に片方の腕を持てと命じ、猿を立たせる。良太はブランコのように猿をゆする。血が落ちる。達男が「それを俺じゃと言うかい、おまえじゃと言うんかい？」と訊く。良太は「アニ」と達男の顔を見つめて言う。達男は「そうか」とうなずき、顔をあげた。

キミコが人だかりの方に歩いてくる。キミコはすぐ達男に気づいた。達男はしばらく見つめ、キミコが物を言い出すより早く悪げにニヤリと笑い、「おまえ、二木島に戻ったというので贈り物でもしようと思て、時期でもないのに山へ行て獲って来た」と言う。キミコは「そんな」と言い、嬉しげに小走りになって近寄る。周りの者らのこわばった顔を見てキミコは察し、良太と浩二が猿の両手を持ってつき出したので、キミコは立ちすくむ。色の白い顔が余計白くなり、震える。

「さっちゃんに、贈り物しなあれ」

キミコは達男の女房の名を出す。キミコは背を向け、顔を手でおおった。

「何の事？　そんな猿みたいな女やと言うん？」

キミコは涙を流し、「イジワルせいでもすぐ帰るよ」と言って走り出す。

「悪い男じゃ」

男の中から達男を非難する声が出た。

「猿をもらうという女がどこにおろ」

女の中から「かわいそうに」とキミコへの同情の声が出た。

「人間と同じような物を撃って遊んで、そのうち、バチが当るんじゃ」

達男は非難の声を耳にしながら、自分の中に安堵の気持ちがわいてくるのを感じる。周りでゆっくりと動きはじめたものがあるのを達男は気づく。良太と浩二はくすくす笑いながら、股を広げてあおむけに寝た格好の雌猿の上に、二人で両手を広げる格好で持っていた雄猿を重ねる。浩二が性交しているというように雄猿の腰を押す。周りにくすくす笑いが広がる。

その猿を達男らは集会場に運び込み、料理して食ったと耳にして、二木島の村の男らも女らも、漁をする者らも、山仕事や石切り人夫に出かける者らも一様に驚き、身震いしたのだった。最初仕止めた五匹をすべて解体して肉にするつもりだったが、イノシシやウサギをほふるやり方ですすめ、口に入るほどの大きさに肉を切りながら、五匹分の肉を達男らで食い尽すのは無理だと思ったのか、丁寧に骨や筋をはずし何の肉なのか分からないように塊の状態にしてから、隣町の遊木や新鹿の達男らの昔の遊び仲間の家に運ばせた。遊び仲間の方は、それを猿の肉の塊とは知らなかった。達男の使いだという肉を運んできた二木島のひ若い衆が肉の種類を言わないのは、二木島の若い衆らが達男に先導されて集団で密猟に行き、それで仕止めたイノシシとかカモシカだからだ、と思っていた。

「ちょっと渋いと思ったが、結構、うまい肉じゃった」

達男が言い、しょうゆも砂糖も使わず、さらに火さえ通さず生肉のままでも食べてみたと言い出して、達男ら集会場に集まった者らはイノシシやカモシカの肉の替りに食ったのではなく、人間とよく似て知恵のある猿だから食ったと知れたのだった。

薄く切った生肉はそのままでは渋みが口の中に広がった。その渋みは猿がいつの間にか身につけていた知恵のような味だと、達男は二木島の者なら誰もが目撃している賢い猿の知恵を食ったように言った。

二木島の者らは、達男やトシオら何人かの若衆が言う猿を獲って食ったという話に身震いしながら用心深く耳を欹《そばだ》てていたが、自分の方から話題にするのを避けた。何事かをやりはじめた若衆に近寄ればロクな事はないと言うのは、古くからある二木島という村の哲理のようなものだった。

漁師らはすぐ脇で魚の仕かけに没頭する若衆に、猿を狩った夜、集会場で誰と誰が集まったのか、猿を食って何ともないのか、キミコはどうしたのかと問い質したかったが、どんなとばっちりが来るか分からないし、また狭い村だから必ず何らかのとばっちりが来ると分かっていたのでただ黙って用心深く観察し、聴き耳を立てているだけだった。

漁師らに比べて漁協で働く女らは、達男らと一緒に行動した若衆らと同じ仕事をしていない分だけはるかに気楽に、キミコが二木島にやって来ていきなり起こった事に冷静でいられた。女らは良太や浩二に「何にも変ったとこないかん？　手に毛も生えてきやへんかん？」と訊くのだった。「いくら害ばっかりする猿でも、遊びの為に撃ち殺されて、遊びで切り刻まれて遊びで食われたら祟《たた》るなと言うても祟るよ。体、猿のように曲ったと感じんかん？　毛が濃うなって来たと思わんかん？」

良太や浩二は女の言葉を一笑に付した。「あんな猿らに祟られるもんか」と言い、二匹分を他所の村の者に分けたので三匹分の猿の肉を七人で食う事になったが、うまかったので最後は祭りの日の神饌《しんせん》の奪い合いのように鍋の中をひっかき廻したと言った。

七人の若衆が集会場にいたのだと女は気づき、誰と誰なのか名前を知りたいとはやる心抑えながら「ふーん」とうなずく。

良太は達男が人間の肉の味はこんな猿のような味に似ているがもっとうまいと言ったと言い、からかうのでなく真顔で青みがかった瞳をまっすぐ女に向け、「このあたりの人間は祭りの時に人間殺して食べたんやろ?」と訊いた。「アホな事を言うな」と女が驚いて誰がそんな事を言ったのかと訊き返すと、達男に命じられて猿の肉のかたまりを持ってスナックに行くと、キミコが毒づいた時に言ったと言う。

「何のつもりやと達ちゃんに言うたて。人間の肉の味を忘れられんと猿獲って食べとる野蛮人とこのわたしを一緒にせんといて欲しと言うて。あんたら二木島の人、昔から人間、食っとったんや。二木島の人、野蛮人やと新宮のスナックで遊木の人、言うとったわ」

「遊木の奴」良太が言うと「遊木の渡船しとる宇井という人」と、すでに達男に命じられて猿の肉を届けた男の名前を言う。

その宇井から、二木島の祭りで神さんの替りになる稚児が置かれ、その神さんにそなえられた魚が切り刻まれその肉片の奪い合いをするのは、昔は神さんの替りをする者を切り刻みその肉を奪い合いして食ったのだと聞いた。野蛮人、猿の肉なんか要らない、とキミコに言われて集会場に肉のかたまりを持って帰って、二木島に生れた者として憤慨して、キミコにこう毒づかれたと達男や集会場に居あわせた若衆らに伝えると、達男が唯一人、「そうじゃ。人間殺して食ったんじゃ」とうなずき、「猿の肉、足らなんだら、人間の肉、食おらい」とニヤリと笑い、トシオにその時の為に逃げ出さないように良太と浩二を縛っておけと命じたのだった。

良太は集会場の中の誰よりも身のこなしが速かったので難なく逃げたが、浩二はトシオの手から逃げたが達男につかまり後手に縛られ、トシオの手に引き渡されたのだった。トシオは浩二の胸を脱がしかかった。浩二は悲鳴を上げて転がったまま身を振って逃げようとした。服をひんむこうとするトシオも、悲鳴を上げる浩二も、真剣ではない事が分かっているのに、達男は集会場の窓の外に飛び出して難を逃れている良太に向って、「皆なに食われると思たらあんなに騒ぐんじゃ」と、神さんを殺して食う現場を見て来たように言う。女は良太の話を聴いて猿の肉どころか、それを人間の肉だと思って食って酒盛りしたのだと気づき、ワルにも程があると憤慨したのだった。

キミコの身を寄せたスナックの風評はますます高まるのが分かった。漁協で働く女らも、駐車場の脇に椅子を置いて夕涼がてら顔を出す老婆らも、昨夜は車で他の村からやって来て誰が入っていった、夜中までジャンケンする大きな声がした、と言い、台湾やフィリピンからパンパンが出稼ぎに来たようなものだと噂した。

元々が網元の息子が道楽でやる喫茶とスナックを兼ねた店だったので、盛り場のスナックのようにカラオケ装置が置いてあるわけではないのに、キミコ一人を目当てに客が集まる。キミコはどうやって男らを魅きつけるのだろうかと二木島の女らは耳目を凝らした。キミコは酔うとキスをし脱ぎ、触らせたがり、姦らせる。金など取らないのだと言った。多淫《たいん》多情のキミコは店の中で遊んでいって気に入った相手としめし合わせて外に出る。

キミコの男選びに理由はないようだった。時には客同士の喧嘩になった。まだ店を閉じるのに一時間もあるのにキミコは集まった客を置いてけぼりにして、二木島から四つ向うの駅の大泊から来た若衆の車に乗り込み、姿を消した。その二人の姿を目撃した遊木の男が一つ向うの村から来たので乗って来た車で追いかけ、若衆の車が曲りくねった細い道を走る定時バスに行く方をはばまれて停っているのを捕まえ、思いつめたようにわざと後から追突した。若衆と遊木の男はたちまち殴り合いの喧嘩になった。

キミコは「やめてよ」と二人のどちらを応援するわけでもなく声を掛けている。キミコは時々たかぶったように笑い入る。

急なS字カーブの真中をハイヒールを持って舞うような仕種《しぐさ》で歩いてくるのを良太のオートバイのヘッドライトが捉えた。濃い闇の中に浮かび上がったキミコの眩《まぶ》しい灯の向うにいる男にこびを売るように微笑みかける仕種が愛らしかった。眩しい明りを向けた相手が自分の微笑に無反応なので急に不安になり、取り澄ました顔になるキミコを見て、良太は二木島の男らにはもったいないと思った。

良太のすぐ脇にオートバイを停めた浩二が声を掛けかかったので、手を上げて制止した。そのすぐ後に、二木島から後を追って来た車の運転台にいた若衆が声を掛け、酔って喧嘩している連中を放っておいてどこかへ行こうと、キミコを車に乗せるのに成功する。良太は浩二に合図して、車の後を従けた。

車は一本道を引き返し、すぐ下の海ぞいにある村へ続く道を降りて細い道を通り、また上の一本道にのぼる坂を上りはじめた。木本から二木島の先の行きどまりになった須崎までその一本道しか村と村をつなぐ道路はない。坂を上り切ると、追突した二台の車とバスが停った向う側だった。キミコを手に入れた若衆は後から従いて走る二台のオートバイに無関心なまま木本へ抜け、国道を新宮の方へ走り出した。並んで走る浩二が合図を出し先を走る車を追い抜きにかかったが良太は制止し、そのまま車の後に従き、蜜柑畑の先の一等新しいモーテルに入るのを確かめて引き返した。

朝、良太はオートバイにまたがったまま、達男の家の玄関の灯が点《っ》き、台所の灯りが点くのを見ていた。夜の海で泳ぎ、そのままオートバイを走らせて廻り、朝の迎えの時間が近づいたので広場に戻ったのだった。山仕事に行かない浩二は遊びつかれたというように自分のオートバイにもたれ、眠っていた。良太は起きていた。エンジンを掛けていないオートバイにまたがったまま、外で遊んで来た者が乗った車が二台、二木島に息を殺すように入って来たのを見たし、夜釣りに出かけた者がまだ夜明けまでたっぷり時間があるというのに早々に引き揚げ、荷を軽トラックに移して値のよい漁協のセリに掛ける為に走り出すのを目撃した。

夜釣りの船が次々と帰港し荷を揚げはじめてしばらくたってから、玄関が開き、達男が姿を見せた。達男は歩き出してから振り返り、玄関先に出て来た女房から弁当を受け取り、二言、三言、言葉を交わす。達男がまた待ち合わせ場所に向って歩きはじめてから良太はオートバイのエンジンを掛け、ヘッドライトを点け、走り出す。広場をスピードを出して一周してから、達男に明りが直接当るように向けて達男の方に走り出す。達男の前で停り、明りの中を近づいてくる達男の顔が、遠目に見た女房と話し終えた後の顔と違うのを気づいて、良太はそれが達男だと確かめるように自分の方から、「アニ」と声を掛ける。

「良太か。オートバイをどうするんな」

良太は達男の声を耳にしてヘッドライトを消し、「一晩中、遊び廻っとった」とどうでもよい事を言う。案の定、達男は何も察しない。良太になどかまう気はないというように、「装束の用意して来んか。誰もおまえを待たんど」と言う。良太は半分、拍子抜けし、半分、安堵した気になりながら今一度ヘッドライトを点け直し、達男に言われるままオートバイを走らせて家に山仕事の装束をつけに向った。

ヘッドライトに照らされたキミコの顔を想い浮かべても、山仕事に鞍更えして以来、目の前にいつもせり上がったようにある達男の顔や体を想い浮かべても、息苦しかった。キミコが、達男に一喝されると青くなるような二木島の若衆の一人の車に乗り、モーテルに行った事や、そのキミコの顔や体がちらついてたまらず浩二を誘って海で泳いだ事を達男に言いたかった。海の潮水をあびたままの髪は普段の感触と違う。車に拾われてそのまま山奥の現場に向い、良太はそれを言えば達男が不機嫌になると分かっていながら、「アニ、昨夜、あの女、またモーテルに行った」と切り出した。達男はその一言で良太が夜中何をやっていたのか、何を考えていたのか一部始終分かったというようにニヤリと笑い、良太の頭をひとつ小突き、「人の楽しみ、監視して眠らんと、山でケガでもしたらどうするんな」と言う。

「いくら物好きの達男じゃてそこまでせん」

六郎がつぶやくように言う。

「ええ子じゃけどの。一回や二回行てみてもかまんのじゃけどの、俺ももう厄歳《やくどし》になる」

達男は言う。

「えらい殊勝じゃだ」

順造がからかうと達男は狭い車の中でスシ詰め状態になって坐っているので腕に当っている良太の体がうっとうしいというように腕をあげ、手を良太の頭に持ってゆく。良太は達男の手を頭から払う。達男は腕のおろし場所に困り腕を上にあげたまま、「俺の考えじゃない、女らの考えじゃよ」と言う。

「おお、オバがこぼしとったわ。いつまでも子供のような事ばっかしするんじゃと言うて。山と海も何もかもおまえのもんじゃけど、いっこうに自分のもんじゃと自覚するというのをせんと、若衆らと一緒になって遊んで廻っとる。オバらトシオやキイやんらに会うて頼んだとも言うとった。もう一緒に遊んだてくれんな、と言うて。おまえだけじゃど、紀州犬あんなにどっさり飼うとるの」

達男は順造の言葉を聴き不機嫌になったように顔をくもらせ、良太に腕を払われたのを忘れたように頭の上に乗せる。良太は払いかかった。

達男はムカッ腹たったように良太の頭に腕を乗せた。「紀州犬どっさり飼うとるだけでない。一頭とて混り物のない純血種の紀州犬じゃ」

達男は腕で良太の頭をはさみにかかる。良太は力を込めて払おうとしたが、体が達男と順造の真中にすっぽりはまり込んでいる格好なので思うように力が入らず、達男の腋《わき》の下のにおいとも山仕事の人夫にこびりついている草木の液のにおいともつかぬものに息を詰め、頭を動かすだけだった。抗《あらが》う力を抜くと達男は腕の力を抜いた。現場の下の林道に着き、車を降りてから、達男は良太に機嫌を取るように、「海で遊ぶんじゃったら、穴場教えたろかい？」と切り出す。

「漁にしがみついとるやつら、ひとつも海の事、知らせんど。あれら海でよう泳ぎもせん連中まで漁師やっとるんじゃから」

「トシオ」

良太は図体の大きなトシオの姿を思い浮かべ苦笑する。達男は「おお、トシオじゃ」と良太をノセるように相槌《あいづち》を打ち、杉の木でおおわれた山の斜面を登りはじめる。

「木本でも二木島から行た中学生は喧嘩強いんじゃけど、あいつだけじゃ、仕返しされたの。喧嘩は一番じゃったけど、よう泳がんから、あいつ岩壁に呼び出されて海に放り込むど、と脅されて、シュンとなったんじゃさか。トシオほどでないが、何人も泳ぐの得意でないのおる。二木島でハマチの養殖を考えついたの、その連中じゃだ」

良太は達男に従いて海に行ってみようと思う。

「穴場て何の?」

タケが横あいから訊く。達男は頂上付近に来て杉の大木の下に漂う空気が変ったというようにあたりを見廻し、まるでそこが海の底で穴場を一眺出来る場所だというように、伊勢海老、アワビ、サザエさらに一メートルほどもあるクエの回遊のポイントを知っていると言った。下草刈りの現場は山の斜面の向う側だった。

頂上に着き、荷物を置き、順造が若い番頭から一つ二つ、指示を受けてすぐに仕事を始めた。その番頭が良太には見知らぬ男を連れて山の現場に戻って来て達男を呼んだ。達男は名を呼ばれて顔を上げ番頭の手招きに応じて道具をタケに頼んで刈り上げた草の上に置き、のぼって行きかかると、「こっちへ降りて来いと言うたれ」と順造が達男に言う。達男は順造の言葉に取り合わないというように振り返りもしないで上にのぼった。番頭は一緒に山の際に立った男を近隣に名を知られたフジナミの市の地主だと言い、達男が挨拶すると、「若い頃にあんたの父さんをよう知っとったんじゃ」と言い出した。フジナミの市で材木商として足場を築く前に、男は南紀から三重にかけての熊野の山を扱って廻り、二木島にまるで王国の持ち主のような達男の父親がいると聞かされて何回も足を運んだと言い出した。

達男は男の話を聴いて苦笑した。確かにそれに類する事は子供の頃齢老いた父親から聞かされていたし、いまも時折、母親が思いついたように話す昔話の中に出て来たが、達男の知る限り王国と呼べるようなものは、達男の祖父の代にあったにすぎなかった。達男の祖父の代は日露戦争の頃で、何が祖父に幸運を引き当てさせたのか一介の二木島の網元にすぎなかった祖父は、二木島から湾を二つ尾鷲の方に越えた場所にある九鬼の造船所を手に入れていたし、あたり一帯の山を所有していたのだった。

当時、山は自生した松と馬目樫《うまめがし》が多かった。松からはたいまつに使う松の根を掘り、馬目樫からは火持ちのよい炭を作って祖父は所有する船を使って朝鮮や中国にまで送っていた。父の代になってむしろ九鬼の造船所も手放し、あたりの山も手放し、それに父が男の子に恵まれなかったせいか、飛ぶ鳥を落とす勢いだった王国の影も形もなくなっていたのだった。

「下手に入ったら気の荒い連中に蹴散らされると用心していたんじゃわ。昔、山を見せてくれと言って警備の連中に鉄砲で撃たれたと聞いとったしの」

男は達男が苦笑するのを気にしもしないで話す。

「熊野水軍の本拠地じゃから」

達男は男の話をそらすように言う。男はそれだと言うように、「ほんによ」と相槌を打ち、達男の顔を見て、「あんたもそうじゃが、お父さんも熊野水軍の親玉じゃと言う顔しとった。鼻筋が通って眼がきつての。色男じゃが、潮風であぶられ続けとるさか、男でも震え上がる気がするんじゃ」と言い、本題に入るというように、二木島の裏山の杉を切って出さないかと訊く。達男は即座にことわった。男は意外な顔をしたが、あらかじめ達男の気性を番頭や達男の周囲の者から聞いて頭に入れていたのか、すぐ話を今となっては毒にも薬にもならない祖父の造りあげた王国の話に切り換える。

達男にしてみても二木島のような陸のどん詰まりに生きる者にしても、他の土地のみならず隣の村へ行くのに船で行くか、人一人通れるか通れないかののぼり下りのある道を歩くかしかなかった時代はありえない夢まぼろしとしか思えなかった。誰も二木島がどん詰まりの場所だと思っていなかった。小舟ひとつ操る技を持っていれば海の上を通って自由にどこへでも行けた。沖を通る廻船を襲って金品を略奪したり、朝鮮支那まで出かけて交戦し暴れる事はなかったが、道路にたよったり鉄道にたよったりしなかった昔は、まるで伝説の熊野水軍のように自由にどこへでもいけた。

達男はふと父親の気持ちが分かる気がした。父親は祖父の造り上げた王国の一つ一つを手放して五十八まで待ち、最後の七番目の子が男の子だと知って喜び、湾と湾をつないで便利な汽車が開通するというので、そうすれば一気に、祖父の死以来、徐々に失って来た物が回復出来るように思って、汽車の通過に協力して山を売ったのだった。達男は山を売る気もなければ、山の上に生えた杉を売って金に換える気もなかった。女房と子供二人、それに八十に手の届く年齢の母親を入れて五人、充分に達男の山仕事の日傭賃《ひやとい》で暮らしていけた。

下の現場で良太がタケに叱られていた。良太がタケの言葉にがまん出来ず拳を握りしめているのを見て、達男は喧嘩になると思い、あわてて番頭と男に挨拶をして下にもどりかかると、順造がここは一番齢上の自分にまかして、山を売る話をゆっくりしろと言うように顔で合図する。達男はその順造を見て、近隣に名を知られたフジナミの市の地主に話を持ち込み、山を売らせようとするのは末の姉婿の順造だったのだと思い腹が立った。

母親も六人の姉らも事ある毎に死んだ父親が身を切られる思いで持っている物を一つずつ売って、男の子の誕生を待ち、達男が生れたなら今度は一人前の男として成人するのを待ったのだと言い、現在の法律がどうであれ、材木一本売るのにも家のたった一人の男としての達男の裁量にまかせ従うと言った。

順造は達男を単純で子供じみた男だと思っている節があった。確かにそう見られてもしようがないと自分で思うほど、達男は十八、九の少年が熱中するような遊びに熱中した。タケともめている良太を呼び、一方的に「われ、山の中で目上の者にタテついたらしばくど」と脅し、唇を噛み不満たらたらの良太に「伊勢海老の穴場、教えたろかい？」ともち出した。

「昼間じゃったら二木島のボンクラ漁師に知られてしまうさか、夕方、懐中電灯持ってもぐるんじゃ。今晩行てもかまんけど」

達男が言うと良太の顔から不満がみるみるうちに消え、どこにでもいる十九の少年のように眼を輝かせ、「アニ、いっつも一人でもぐっとったんか？」と訊く。

「おうよ。面白い事は二木島のボンクラらに教えるものか。あいつらハマチに餌まいてのぞいとったらええんじゃ」

達男はそう言って傍に来た順造に「のう」と相槌を求めるように呼びかける。順造はとまどい、「また何の悪作の相談な？」と返す。達男は素早く良太に向ってウインクし、「十二、三メートルも高いとこにあれらひっかかっとるけど、跳べるかい？」と暗号のように訊く。

「十メートルぐらい軽いけど」

良太は不安げにつぶやく。

「ようし、今日はうまいヤキトリじゃ」

達男は言い、順造が了解したように「ああ」とうなずくのを見て明るい笑いをつくり、また素早くウインクする。

家に戻るとすぐ良太は水深十二、三メートルの深さのところにひそんでいるという伊勢海老を素手で突く為に、シュノーケルのついた水中メガネとヤスと足ヒレを用意した。誰にも姿を見られないように湾の突端に来いという達男の言うとおり、山にのぼって廻り道をして身をかくしながらまだ空に日のある中を歩き、ふと崖の下の岩場を懐中電灯とヤスと水中メガネだけ持った達男が歩いているのを見つけた。良太は本能のように身をひそめ、達男に見つからないように崖を降りて岩場の方へ廻り込んだ。声を掛ければ届く距離まで近寄り、良太は二木島一の荒くれの達男が、集会場での集まりでも遊びでもまだ一人前の若衆として扱われない良太をどういう態度で待ち、約束をすっぽかされてどう怒るか見てみたくなった。

良太は息を殺して、待ち合わせの天狗の鼻の岩場に立った達男を見ていた。達男は初め時計を見ながら二木島の湾の方、崖の上の方をしきりに見ていたが、空が赤らみ海が桃色に輝きはじめてからは物思いに沈んだように海を見つめたきりだった。しばらくして意を決したように達男は服を脱ぎ、素裸になり、ただ水中でブラブラする性器をおさえつけるだけのスポーツ競技用のサポーターをはいただけで岩場を伝い、水の中に入った。

達男の姿は黄金色に光る水の中に消えた。水を被《かぶ》るだけだと予測していたのにいきなり水の中にもぐってしまったのを見て、良太はこの世の中であってはならないような非現実の事が突発したように胸が苦しくなり、目を凝らした。達男は予測よりはるかに長い時間かかって黄金色の波の中に頭を出し、岩場に手を掛けて一たん水の上に上がった。股間のサポーターだけがやけに白く見える達男の体から、色のついた水が大量に滲《し》み出して岩場を黒く染めているような気がした。

達男はもう湾の方も、崖の上の方も見なかった。最初から独りで伊勢海老取りを計画して独りもぐるのだと決めていたように、岩場に置いていた水中メガネを取って顔につけ、懐中電灯につけた紐《ひも》を首にかけ、柄の長いヤスを持って極く自然に水の中に入る。良太は岩場に身を潜めて達男の消えた水中を見つめたまま、水の中で空を翔ぶように泳ぎ、伊勢海老をさがす達男を想像し、十二、三メートルの水深なぞ難なくもぐれ、伊勢海老の何匹でも突いてやると自信があるのに、達男が今、人の限界を超えた常軌を逸した事をやっているように思えて息が詰まり、身震いし、涙が出た。

次第に暗くなる水面にぽかりと達男の黒い頭が浮かび、達男は突いた伊勢海老をヤスからはずし、無造作に岩場に放る。良太が岩場から逃れるように離れ、伊勢海老獲りに使うはずだった素もぐりの道具をそのまま崖の上の茂みにかくし、広場の方に降りて行くと、漁協の女らが駐車場の脇の涼台に腰掛け、オートバイに乗った浩二とミーコをつかまえ、スナックの中でのキミコの振る舞いを自分で見て来たようにしゃべっている最中だった。女は良太の顔を見ると、「あのワルのアニはどうした?」と訊いた。「知らん」良太は言った。

「知らん事ないやろ。あのワルは良太のワルの先生やろ」

女の横に坐った女が足をぶらぶらさせて「まだ賢い方やで。まだ猿を撃って来て食う方がええで」と言い、クスッと笑う。

「あのワルとあのドインランのパンパンが一緒になったら、また昔みたいにエライ事になって、わしかてこんな夕方までオトウチャンを放っとくわけに行かんようになる」

「ヤキモチ焼くの？」

「焼く、焼く」

女は足をぶらぶらさせながら言う。女らはそれから歴史の古い二木島でも達男のようなワルは珍しいのだと言い、達男が齢老いた父親には眼に入れても痛くないどころか、恋い焦がれあがめたてまつるしかなかった男の子だったと言った。

裕福な由緒ある家の待望の男の子だと言うので父親は伝手を頼って高名な易者や玉置山《たまきさん》の神官にまで占ってもらい、その都度、父親は驚くような事を耳にし、喜びに飛び上がらんばかりになった。達男は非凡な星の下に生れた。頭がよく、村の誰からも尊敬され、人の上に立って羞《は》かしくない人物になる。女らは笑い入り、ワルに育った今の達男を見抜いてそう言ったのは包んだ御布施の額によったのだろうし、そうでないのなら、達男に期待をかけすぎる父親に本当の事を言うのは気の毒で、だから逆の事ばかり言ったのだと言い、女らは高名な易者も神官も自分らと同じ人間なのだと笑い入った。

信心深い達男の父親は事ある毎に神仏に頼り、占いや祈禱師に話を持ち込んだ。良太は女らの話を耳にしながら夜の暗い海にもぐって水の中にいる達男を思い浮かべると一層達男が普通の人間ではないように思えて来て、一緒に海にもぐらなかった事がとんでもない裏切りのように感じる。良太は海の中で呼吸する達男を考えて身のおきどころがなかった。ミーコを乗せたオートバイに乗った浩二に誘われるまま二木島から曲りくねった道をたどって木本へ抜け、さらに国道を走ったが、もう達男は海からあがり、獲った伊勢海老を食っているか、漁師らにこれ見よがしに配って廻るかしている頃だと思うのに、いつまでも海の中にいる気がして息苦しく、それで急用を思いついたと木本へ行く振りをして、二木島にもどった。

オートバイを家の納屋にしまい、わざとらしく母親に声を掛け、良太は達男のもぐっていた天狗の鼻の岩場に行った。誰もいなかった。良太は崖の上に走り、茂みから素もぐりの道具をさがし、水中メガネと懐中電灯だけ持って後をまた納《しま》い込んだ。岩場にもどると、良太は服を脱ぐのももどかしく、素裸のまま水中メガネ一つでもぐった。懐中電灯の明りに魚がきらめき、耳抜きしながらさらにもぐると岩肌が見えはじめる。達男が底に沈み、いきなり足をつかんで淵に引きずり込む気がして、良太はパニックを起こしかけながら上にあがった。

岩場に立って足元を照らすと達男が海の底からヤスで突いてあげてきた伊勢海老が一匹、まだ生きているのを教えるようにビクッと跳ねた。手に取ってみて、良太は手の中で跳ねる伊勢海老の力を感じ、不意に達男に愚弄《ぐろう》されていた気がする。良太は手の中で跳ねる物を水の中に放った。

汗をかき、汗の滴がきらめきながらまぶたから眼の中に入り込んだ。良太は一瞬、夜、懐中電灯で照らした海の中を想い浮かべ、達男に愚弄された気がしたのを思い出し、そのうち狙い定めて一挙に報復してやると心の中で独りごちた。草いきれで息が詰まりそうだ、と思い、良太は顔をあげ、丁度、タケと話しながら草刈りをしていて顔をあげた達男と眼が合い、バツが悪くあわてて顔をそらした。

良太が岩場で達男に愚弄されたという直観は当っていた。働きはじめてすぐに、タケが「昨夜、怖気《おじけ》づいて海にようもぐらんと、すぐ上がって来たんじゃて」とからかった。タケが夜中に素裸で水にもぐってみた自分を見ていたと良太は思い、「見たんか?」と訊くと、タケは「見たも何にも、達男アニはいまさっきもぐって獲ったんじゃと伊勢海老、どっさり持ってスナックに来たわだ」と言い、ニヤニヤ笑う達男を見て、「アニら女を口説くの上手じゃ」と言い出す。「一回めは殺した猿を贈り物じゃと見せて腰抜かすぐらい驚かして、二回目はどっさり伊勢海老持ってまた贈り物じゃと驚かす。誰もあんな芸当はようせんわい。もうあの女、アニに姦られんうちから腰抜けとる。普通じゃったら、ようこのベッピンがこんな事するね、と言うくらいはしゃぎ廻るのに、グッタリしてアニのそばにペッタリとくっついて、誰が物言うてもウワの空で聴いとる。乳、触らせたり、尻、見せたりするのに、何にもしてくれん。マスターが料理してくれた伊勢海老、食たら、あの女、アニのを咥《くわ》えたいばっかりになって、帰って、なァ、今日は独りにして、と言うて廻っとる。今日一日でアニとつきあうの止めとけ、と言うたったんじゃ」

「火、つくんかいね」

良太が起死回生を計るように言うと、タケは「なんない？」と驚いたように訊き返す。

「漁協のオバら、いっつもキミコとアニが出来たら二木島、メチャメチャになると言うとるど」

「アニ次第じゃだ」

タケは達男の一の子分だと言うように言い、達男を見る。達男は「何の火がつこに」とうそぶき、伊勢海老突きの約束をすっぽかした良太を子供扱いするように、「一回や二回姦ったくらいで火つくと言うんじゃったら、人の事ばっかし噂して廻る漁協のオバら、昔、まだ若い時分俺が寝とるんじゃさか、あんなんとでも火つくど」と言う。

「男同士の話じゃから人に言うてもろたら困るが、俺は良太の歳の頃に二木島の女、皆な知っとるくらい姦っとったど」

「俺の母さんともか？」

良太は真顔で訊く。達男は苦笑し、「そんな事、子供のおまえに言えるか」と言い、良太の頭を小突く。良太は達男のその態度から言外に良太の母親とも寝た、と言っていると取り、達男が並みの人間ではなく猿のように祭りの神饌の魚のように一つ間違うと斬り刻まれて食われても仕方のない男のように思えた。

良太は達男を斬り刻んでやりたかった。猿を追いつめてワナに掛けて獲るように、達男をワナに掛けて捕え、筋肉の張った肩のあたりから肉を小刻みに取って最後は猿の肉がそうだったようにバラバラにする。

達男はよく裸になった。仕事の終りにいつも裸になって渓流で体を洗う事が、海から上がって山の仕事に就いて山深く入って働く者の秘儀のように、他の誰も裸にもならなければ水にも触れないのに一人やった。達男は誰よりも敏感に気流の流れを感じ、天候の先行を読んだ。山の仕事に馴れない良太には達男が一緒にいて天候を読み当てるたびに、自分には見えない神の意志を達男は自然に受け止める能力があるのだと感じ入った。

その日は前の夜から暴風で、二木島の船だけでなく沖に出ていた近海マグロを獲る、大分船《おおいた》と呼ばれる二十代前半の若衆ばかり乗り込んだ船が港に緊急避難していた。大分船は目と鼻の先の距離にある勝浦港に横づけし、獲ったマグロを水揚げする予定だったが、船が老朽化しているせいと荷の積みすぎで暴風雨の中を走ると横転すると言い出し、二木島の港に入ると、すぐにマグロの水揚げをしはじめた。

それは二木島にふってわいたような騒ぎだった。効率をよくする為に三十トンの船に五人しか若衆は乗っていなかったので、暴風雨の中のマグロの水揚げは二木島の者総出の状態になった。水揚げされたマグロは船主が手配した保冷車に積み込まれ暴風雨の影響のないセリが開かれている港まで陸路を走って運ばれる。達男も良太も、朝からマグロの水揚げを手伝わされ、大分船が空になってから大分船の船主と乗り組みの若衆から漁協あての謝礼の他に、特に二木島の青年会あてに酒と水揚げしたばかりのマグロを二本差し入れを受けたので、暴風雨がおさまり次第、空の船に乗って再び漁に出るという大分船の若衆五人と集会場で酒盛りになった。

二カ月程で船倉に満載するほどマグロを獲り、港に戻って吐き出し、またその足で沖に出てマグロを追いかける大分船の厳しい休みなしの働きぶりに、ノンビリと漁をするのに馴れている二木島の漁師らは驚き、半分あきれたが、燃料や水、食料や生活必需品を補給して二日後の暴風雨のおさまった夕方、大分船が出港して、まだ興奮の冷め切らない早朝、二木島の湾の中に度肝を抜くような事件が突発しているのに気づいた。

見つけたのは、気が早く大分船の出た後で波のまだある漁場へ夜釣りに出掛け、明け方に帰港して来た漁師だった。重油が二木島の湾の半分を使って作られたイケスにまかれ、中で養殖していたハマチのほとんどが白い腹を見せ、油の黒い膜に浮いて死んでいた。けたたましく漁協のサイレンが鳴らされたので漁師のみならず音に驚いて起き出し、窓から顔を出した二木島の者、一人残らず事件の突発を同時に知ったのだった。噂は狭い二木島に渦巻き時間を追うにつれて錯綜《さくそう》した。

良太は噂に聞き耳を立てた。

噂は渦巻きながらまるで生き物のように熱を持ちせり上がり、いままで二木島の者の中に溜っていた思いを吸い寄せかき集めるようだった。二木島の者は、誰の眼にも犯人ではないと明々白々なのに、二木島の漁師らが協同で行なうハマチの養殖に害を与えるのは、この二人以外にないと達男とキミコの二人を犯人だと言い出した。一人が言い出すと次の一人が当然のようにうなずく。まるで事件以前から犯人は決っているような様子だった。

良太はいまさらながら達男が二木島の中で独得な位置にいるのだと気づいた。イケスに重油をまくという犯行が行なわれた可能性のある時間、暴風雨のおさまった夕方、大分船が出港してから、夜釣りに出かけた者が早朝に帰港するまでの間、大分船の若衆らと酒盛りがまだ続いているように達男は集会場にいたし、キミコはスナックで男を相手に騒いでいた。「達男と違うん?」女の一人が漁師の若衆に訊くと即座に「違う、集会場にずっとおった」と否定するが、訊いた女の方も訊かれた若衆の方も、県や国の指導で漁業の長期安定のテストケースのひとつとして設置したハマチの養殖イケスにそのような事をするのは達男がもっともふさわしいというように、「いくら達男アニじゃてそんな悪作せんやろ」「そんな事せんわい、ねェ」と心もとない言い方し、いつの間にか犯人は達男であってしかるべきだという具合になった。

女の一人は良太にも訊いた。「知るか、そんなもの」良太は語気鋭く言った。「アニがやったと言うんじゃったら、直接アニに訊け」女はそう言う良太の口調から、良太だけが知って隠している秘密をかぎ当てたように、「何も達男が犯人やと言うてないけどよ」と心にもない事をつぶやき、ふと思いついたように、「あれが組んでやろうと言うたら、おまえもやるやろがい。集会場の若い衆らも口裏あわせるど。寒ブリの時もそうやったし、昨年も今年もアワビやサザエの口開けの時そうやった」と昔の事を持ち出す。

達男が漁師の若衆までそそのかして漁協の申し合わせを破って人の持ち舟を使って漁をやり、捕った魚や貝を木本の料亭に格安で売り払い、二木島の若衆にその事を口外するのを禁じていた前科がある。

「知らん、そんな事」良太は言う。良太の目に、一瞬、夜の海に潜る達男の姿が浮かぶ。漁をする若衆や山仕事や石切り人夫の若衆を率いて夜の海に密漁に出る達男をねたましい気がし、良太は女の顔を見て、「アニのした事を、誰もしゃべるものか」とひとりごちるようにつぶやく。女は目の色を変え、「やっぱし達男がしたんか?」と訊く。良太は心の中でニヤリと笑いながら、「知らん、知らん」とあわてて打ち消すように言い、女から逃げ出すように広場の方に歩いていく。

ハマチの養殖イケスにまかれた重油の衝撃は次の日もその次の日も続いた。木本から何度もパトカーがやってきたし、尾鷲の消防署に要請して重油の被害を最小限に食い止める為に中和剤の入った液を放出出来る化学消防車を呼んだ。普通の車さえ二台擦れ違うには双方よほど注意しなくては通行出来ない細い曲りくねった道を化学消防車がノロノロと走る。三重県も和歌山県もどの国道も一様に狭くカーブだらけだが、木本から二木島までの道路は並みはずれて細く曲りくねり注意していないと路肩から飛び出して崖下に落ちたり、カーブを曲ってくる対向車に知らずに衝突する危険があったので、道に不馴れな化学消防車の運転手はカランカランと鐘を警笛がわりに鳴らして運転していた。二木島の若衆なら細い曲りくねった道でも他の国道を走る時同様に五十キロや六十キロのスピードのまま一度もブレーキを踏まずに走り抜けるし、また、ブレーキを踏んだり、スピードを落としてノロノロ走ったりすれば、運転の下手な者として嘲られるのが常だが、「えらい道じゃ」と汗をぬぐいながら降りた化学消防車の運転手を嘲う者はいない。港に漁師も女らも集まり、消防署員が中和剤を海にまくのを見ながら、つくづく二木島が交通の不便な場所にある、と知るばかりだった。

湾のイケス一帯に浮いていた重油の油膜も、化学消防車のまいた中和剤のおかげで二日もすれば消えてなくなり、それと共に重油の衝撃も薄れ、達男とキミコが犯人だと指弾する噂も、元々が根も葉もない当て込みの推測だったから日に日に薄れ、達男らの山仕事の現場が奥に変る頃になると、犯人の姿は顔も姿形も分からない影だけのような形になり、良太を失望させた。

その影は外から来たのか、二木島の内に潜みつづけた者か、分からなかった。ただ二木島に邪悪な意志を持ち続けているのは分かった。その影の正体は、達男だし、達男を煽《あお》るように夜半までスナックに男を集めて騒いでいるキミコだ、と良太は名指ししたかったが、噂は時に大分船に乗り込んでいた荒い仕事をする五人の若衆を影の中に当てはめようとするのだった。その度に良太は「あれら、そんな事、ようするものか」と言い募った。「集会場の便所で二人、アニらに飲まされすぎて吐いとったし、俺、一番背の高い奴、脅したった」良太がそう言っても、女らも漁師も、二木島の町あげての協力で推進する養殖事業を大本から引っくり返そうとするような事をやったのだから、外から来た荒くれ者の大分船の若衆らも疑ってしかるべきだと言う。

良太は不満だった。それ以上、大分船の若衆が重油をまくはずがないと言い募れば何か魂胆があって言うのかと疑われかねないので口を閉ざしたが、良太にしてみれば、重油の犯人は、湾を見下ろす城のような家に住み、まるで二木島の王国の主のように娘であろうと人の女房であろうと一度は必ず手をつけ若衆の上に君臨する達男と、本気なのかそれともどん詰まりの二木島の男をたぶらかすだけなのか嬌声をあげ媚《こび》を売るキミコの二人組以外に考えられない。いや、良太には、犯人は達男一人でよい。重油がイケスにまかれた直後にくっきりと達男の姿を浮き彫りにしたように、達男にはイケスに重油をまき、狭い囲いの中でカビを肌につけ、網に身をうち当ててウロコをはがし、あえぐように泳いでいるハマチを皆殺しにする権利がある。二木島の漁師の手から餌と薬をもらって育ったハマチは見るのも汚らわしかった。達男は見たくない。達男は暗闇に乗じて船を出し、重油をまく。良太は重油をまいた瞬間に達男が抱いたであろう気の昂《たかぶ》りと悲哀のようなものを感じとめた。それは舟底に身をひそめるようにしてドラムカンの中味をイケスの中に開けた時に良太の胸に去来したものだった。海の底に沈んでゆくドラムカンの中味のねっとりした感触を味わい、水の中でエラが詰まって窒息し身もだえする魚を想像しながら、良太ははっきりと、猿のように達男を狩ってやる、と決心したのだった。

狭い囲いの中でただ餌を与えられ薬を与えられ肥え育つ玩具の魚のようなものでも、達男は死んで行く物の悲哀を分かる。だが、達男は重油をまく。その冷酷さが達男の身上だった。

良太は重油をまく達男の姿を想像し、達男に励まされているような気になりながらドラムカンの中味を空にし、さらに証拠を消すようにドラムカンにあけた二カ所の穴から海水を入れ、中から空気をすべて抜き取って底に沈めた。ドラムカンは音もなく海の中に消えた。

しかし達男は良太がやったという事を知っていたのだった。良太は舟を天狗の鼻の岩場に着けた。その岩場が伊勢海老取りの穴場だとは達男以外誰も知らない。良太は人目の届かない場所だと知っていたが用心に用心を重ねて身をひそめて舟から降り、崖の方に小走りに駆けようとして、達男がそこに立っているのに出喰わしたのだった。

「良太かァ」

達男は言い、良太が返事にとまどっていると不意に暗闇の中で小便をしはじめた。その時は岩に当る小便の音が直接物を言いかけるより数十倍の重さで、達男が良太の生殺与奪を握っていると主張していると思っていたが、後になって、達男が天狗の鼻にいたのは女をそこに連れ出して姦ろうとしての事だと思いつき、良太は姿を現わさなかった女におびえ、女を呪った。達男が良太の犯行を知っているのなら、姿を現わさなかった女も知っているはずだった。良太は女らの言葉に聞き耳を立て、動きをみつめた。どの女からも犯行のあった時間、良太を見たと匂わすような言葉は聴き取れなかった。

良太はキミコに狙いを定めた。山仕事の現場が大台《おおだい》から入った山に移るので小屋を掛けて十日間ほど泊り込むと順造に言われ、それまでにまだ一週間ほどあるのを知り、良太は自分一人で、一週間のうちに、キミコを猿のように狩ってやると決心し、キミコの動きをさぐった。

達男は重油の事件があってから以前にも増して自分の一挙手一投足が二木島の者らの注目を集めているのを感じていた。姉婿の順造はわざわざ達男の家まで来て、「いくらなんでもそんな事せんじゃろが」と前置きして、達男の母親や女房の居る前で、二木島中に蔓延している噂を伝えた。

「俺が子供みたいな悪作するか」

達男が言って一笑に付すと、おとなしく順造の話を聞いていた母親が、「兄さんは、何かい？達男が悪作したと言うんかい？」と順造に怒りはじめた。

「わしゃ、達男を信じとる。身内やさか、噂がひどい事、言うと思て心配しとるんじゃ」

「噂がほんまでもかまんわ」母親は突然言う。「オトウと二人で神仏に願かけて授けてもろた子や。そら、人のイケスに悪作するの、悪いけど、もともとがあのイケスのあたりも、漁協の土地も、この池田のものや。オトウが文句言わんかったから漁協はそのまま自分のものにしとるし、イケスつくって魚飼うとる。弁償せえと言うなら弁償したたらええ。山も土地も達男たった一人のものや」

「オレゃ、やってない」

達男は母親の物言いに苦笑した。

「やってなかったらええんじゃ」順造が言うと、母親は噂を家の中に持ち込んで来る魂胆は見抜いているというように、「兄さん、今日のところは、このまま帰ってくれんかい」と言った。順造は一瞬腹立ったような顔をしたが、達男が、年寄りだからしょうがないのだというように合図をすると、「そうじゃねェ、世が世であれば、達男ら殿様じゃさかねェ」と厭味を言って腰を上げた。

順造が帰ってから母親は達男に何を思いついたのか二木島の者の悪口を言い出した。造船所を持っていた時代から二木島の者はことある毎に二木島に君臨するような池田の家を羨望の眼差で見、折あらば財産をかすめ取ろうとして来た。舟を使って他所の町と往き来する時代は、何があってもまず池田の家に報告に来、池田の家が首を縦に振らなければ町の行事は進行しなかったが、尾鷲から木本まで汽車が通じ、二木島の先の須崎でどん詰まりになっているとは言え、自動車が通る道が一本開通するといままで何もかも池田の家の世話になっていた事を忘れ、勝手に漁協の建物を建て替え、養殖イケスをつくり、あまつさえ海中公園だ、原子力発電所の設置だと話を進める。母親は二木島の者が平等だと言っているのがおかしいと言った。達男は母親の物言いに苦笑した。母親は、「あれら、平等と言えるの、池田の家が、山を国鉄にやって汽車通したおかげや」と言い、汽車が通る線路や自動車が通る道路が、達男の祖父、曾祖父の代から築いてきた池田の家の王国を壊し、蝕《むしば》み、そのせいで平等だと言うようになったのだ、と言った。

母親には二木島の町あげて喜んだ紀勢線全通が、王国の崩壊の節目のように見えていた。母親にも父親にも、その時は町の中の騒ぎの渦に巻き込まれてはっきり見えなかったが、満ちていた潮が波の繰り返しのうちにいつの間にか岩礁が顕わになるくらいまで引くように、二木島の隅までおおっていた池田の家の力は薄まり、遂にはただの古い家柄を誇る家というだけになった。

父親ははっきりと今日のあるのを見通していた。二木島にたった一つしかなかったテレビは船頭どころか、漁協の賄婦《まかないふ》の家にまで入るようになっていたし、電気洗濯機も電気掃除機もそうだった。高等学校さえ網元の子でもなんでもない漁師の子が通うようになり、池田の家の娘らがことごとく女学校を出た、普通高校を出た、という誇りも崩れた。池田の家と漁師の家は平等になったがその代りに、まるで平等という考え方が分泌する毒素のように、池田の家を治める跡取りの達男を二木島の者らは目の敵にし、ある事ない事言って廻り、達男を引きずりおろそうとする。父親は何度苦情を持ち込まれても、二木島の者に謝りはしたが、当の達男に向って振る舞いを反省させる事も制止する事もしなかった。達男が父親の齢老いてからの子で目に入れても痛くないからではなく、何一つ外から圧力を受けることなく神仏にすがって授けられた子らしく思いのまま在って欲しいと思っての事だった。信心の深かった父親は達男が、すぐには分からないがいつの間にかくっきり見える潮の引く今を、一挙に元に復してくれる、と思い込んでいたはずだった。父親の眼にも母親の眼にも、六人いる姉たちの眼にも、達男は光り輝いてみえた。父親が死んだ後のたった一人の血族の男と思うと、余計に達男にかける期待が大きくなり、たとえ重油を養殖のイケスどころか二木島の湾中にぶちまけたとしても、達男のやる事にはそれ相応の意味があるのだとして、損害を償えと言うなら持ち山を売り払ってでも決着をつける意志がある。

しかし母親には分かっていた。子供の頃から気がはしかく、若衆になってからは旦那衆の者らしくなく漁師に混って漁をしたり、山仕事にいかなくてもよいのに人夫として山に入ったりする達男は、二木島の者らの好奇の的になりやすい。達男は漁師としても山仕事の人夫としても人の規《のり》を越えていた。よく働き、仕事に打ち込んだが、神仏が授けた子のせいか、祖父の代、曾祖父の代に二木島の王国と呼ばれた代々の血のせいか、横綱が幕下と相撲を取っているような、あるいは、金棒を振り廻す鬼がマッチ棒で細工しているような、しなくともよい事に一人興じているように見えた。達男のしたいようにさせるのが池田の家の考え方だったから、母親も姉たちも、達男の女房も何も言わなかったが、二木島の者らは達男の中に潜んでいる何ものかを感じ、事ある毎に達男の名を出し、眉をしかめ、ある者は淫蕩《いんとう》な血のざわめきに肌をほてらせ、期待した。

母親も、姉たちも、出来るなら危険のともなう山仕事を達男にやめさせたかった。もちろん山仕事をやめたからと言ってすぐに祖父の代のような身分になれるわけでなく、せいぜい達男の父親が齢老いてからやっていたように、伐採に適した山の木を売り喰いするか、何がしかの資産を金に換えて堅実な優良企業に投資してさして多くない配当を受けるか、いずれかの道しかなかったが、達男の旦那衆としての本然の姿は取り戻せる。口さがない漁師や女らはいままで噂の的にしていた達男が、二木島では並ぶもののない血筋の男だったと気づき、どのように口汚なく言っても手も届かなければ言葉も届かない人間だと知り、二木島というこの世の果てのような場所の生活の不如意を、必要以上に達男になすりつけウサを晴らしていたと、おのが姿のおぞましさにあきれるはずだった。

達男は二木島中に広がった噂も知っていたし、二木島の者らが、犯人を特定出来ないのなら、昔からの札つきのワルと知られた達男を犯人に擬し、噂を楽しみ、一瞬にして町中をおおった重苦しさをかき消そうとする気持ちも分かった。二木島の町あげて推進するハマチの養殖イケスにまいた重油は、まいた犯人の意図を越えて町に牙を向ける。達男は「おうさ」と思った。自分なら決してそのような子供じみた方法で二木島の日和ばかり見て暮らすような者らを驚かしはしないと思ったが、暴風雨の明けた日の夜、緊急避難していた大分船が出港した後に突発した事件を、昔の自分ならやったかもしれないと考えたのだった。

キミコは達男の独り言を聴くと、「昔のあんたに似てるねェ」と言った。「なんやしらん、トゲトゲして。何もかもが気に入らんふうで」キミコはそう言い、達男の脇に身を寄せ、「何で男の子はいつも悪作しようとするんやろ。重油なんどぶちまけたり」と答は訊かなくても分かっていると言うように訊く。

キミコは達男の耳を噛む。歯を立ててみて、達男が軽く顔をしかめると、「うち、達ちゃんに教えられてから分かったん。男て、女がこんな顔して苦しんだり痛みにガマンしとるの、好きなんや。達ちゃん、わたしに、こんな顔せえと言うたやろ。痛いという顔しとったら、大人の漁師ら、喜ぶと言うて。わざとしたんと違うよ。ほんとに痛かったの」

「俺との時もか?」

「最初はな」キミコは言う。「最初はもう死ぬくらい。遠い昔の事やけど。けど、達ちゃんとの時はうちが惚れきって従いてまわってたんやからすぐ馴れたけど、漁師のタンノさんとか、ゲンさんとか、キイやんとか、覚えとるの、みんな歯喰いしばったんばっかり」キミコは不意に笑う。「タンノさんとか、ゲンさんとか、もうヨボヨボやんか。浦島太郎みたいに二十年も二十五年も経って来てみたら、何もかも変っとる」キミコは溜息をつき、黙ったままの達男の手を取り、乳房に当て、「何でええ記憶の一つもないところに、いまごろになって舞い戻ってきたと思とるんやろ?」と訊く。「何ど仕返しされると思う?」キミコは達男の顔をのぞき込む。

達男はニヤリと笑い、今になってやっと手に血が通ったと言うように、指に力を込め、キミコの乳房を握り、「誰もが仕返しされると思とる」とつぶやく。「ええ女になって戻ってきたんじゃし、前と較べたら何十倍も上手になっとるし、それがまたスナックで網張って何人にも姦らせとる。俺じゃのうても何ど仕返しされると感じる。俺がおらなんだら、お前がまっ先にイケスに重油まいたと疑われる」

「わたしやもの」キミコは達男の首に両手を掛けて引き寄せながら言う。「あの重油、わたしがまいたんや。みんな一生懸命育てとるの、いっぺんに油まいて殺したった。ワーワー騒いどるの見たら、胸のつかえとるの消えた」

「お前か?」達男はそう言って再び乳首を吸う。一度、達男の唾液《だえき》にまみれ、さらにキミコが求めるとおりに体の外に出し、顔にまたがるようにして射精したのでこぼれた精液が乳首につき、それも乾いたので、キミコの桃色の乳首は塩辛かった。達男は乳首を離す。キミコは所在なげに胸をつき出す。達男は一瞬、キミコのその仕種を、初めて達男に血を流して以来、通ってきて身につけた性の癖だと思ったが、キミコの要求に答えるように乳房を両の手でおおい、

「お前か?」と改めて訊く。

「吸って」キミコは言う。

達男は自分の体の外から声が出るように思いながら、「お前か?」と訊き直す。「そう、わたし」キミコは言う。「何でそんな事したと思う? 分からん? 家に火つけて好きな男、呼びよせよとした女おるやろ、あれやねん。重油まいて、ハマチ死んだら、他の男としたと噂立っとる私の気持ち、達ちゃんに分かると思てまいたんやねん。重油て、どこで手に入れるのか知らんけどな。プカリ、プカリとイケスの中にハマチ浮いてくるのを見て、一番最後に達ちゃんがプカリと浮いてくるかもしれんと見とった」

「俺はおまえが浮いてくると思た」

達男はつぶやき、キミコの体を手で撫ぜる。

キミコの身を寄せたスナックに昼間、漁師の女房で漁協で事務を取るヤスエがよく顔を出すと女らが気づきはじめたのは、重油の事件の次に発覚した事件が随分進行しての事だった。最初、女らはキミコの巻き起こす夜毎のスナックの騒ぎにつられて、二木島の女らの中で少し毛色の変ったヤスエが渦に引き込まれたのだと思い、まだ若い精力の強い亭主が居るのに、キミコにそそのかされて男漁りをはじめたと噂をしたが、そのうち、姿が二木島のどこにもみえなくなって、ヤスエがやっていたのは漁協の金の使い込みだと知れた。ただ漁師の女房が漁協の帳簿に穴をあけるのは知れている。その使い込み金よりはるかに多い額を、ヤスエは二木島の漁師の女らでつくる頼母子講《たのもしこう》で手に入れていた。二十人で組んで月二万の金でやる頼母子講の三回目をヤスエは人から買い取り、足繁くスナックに出入りして、不意に姿を消したのだった。

姿を消したと分かってから亭主が家捜ししてみると、家のタンスの引き出しから、質札が大量に出て来たのだった。質札に書き記されたCDカセットもオーディオ装置も、宝石も、亭主の知らないものばかりで問いあわせてみると、全て新品だと言う。さらに二木島の漁協に出入りする木本の電気店に連絡すると、電気製品は金額にすると六百万ほど、漁協名義で月賦を組んでいると言う。そこまでしているのならサラ金にも手をつけているはずだと思い、問いあわせると、二木島の漁師七人の名前で、漁協が預っていた健康保険証と印鑑を使ってこれも総額六百万ほど借りている。たちまち二木島は蜂の巣をつついたような騒ぎになった。ヤスエが二木島の女らから直《じか》に借りた金まで入れると総計千三百万ほどが、ヤスエと共に消えたのだった。

二木島の者らは最初、ヤスエが勝手に借りたのだから漁師をやる亭主が払えばよいとうそぶいていたが、亭主を逆立ちさせて振ろうと電気店やサラ金の借金を払えるはずがないと気づき、あわてた。漁協の者も、保険証や印鑑を勝手に使われた者も困惑しきり、そのうちとばっちりを目論むように、ヤスエが足繁く出入りしていたスナックのキミコに目が向けられる。キミコは共犯か、そうでなければ、ヤスエにこんな方法もある、あんな方法もあるとそそのかした。

「そら、わしかてあんなスナックに出入りしとったら、綺麗な服着とったら男が騒いでくれると思うようになるで」

女の一人は言った。

「肌が日に焼かれて、黒いの染み込んどるの、忘れとるんよ」

別の女が言うと、「誰も地から黒いもんか」と怒ったように言う。女らは、少しばかり読み書きが達者だったが自分らと同じ漁師の女房で、漁協の事務を取って亭主の稼ぎを救けていたヤスエがそんな事をするのは、昼間スナックでキミコが特別な事を吹き込んだからに違いないと確信したが、警察が被害の調書を取り、漁協の者が状況を調べに廻って、昼間のスナックでヤスエが何をしていたか訊いて、それも壊れた。

ヤスエはスナックでキミコやキミコの姉とよもやま話に興じ、生理不順が続くというヤスエの為に、キミコの姉がゲルマニウム鉱石の粉末をとかした水を飲めばよいと勧め、もっぱらゲルマニウム鉱石の薬効を話題にして過ごしていた。キミコの姉の勧めたというゲルマニウム鉱石は二木島では静かなブームの観を呈していた。女らの何人も実際に飲んでいたし、生理不順や冷え症がなおった者もいたので、ヤスエがその粉をとかした水を飲んでいたのに何の疑問も感じなかったが、その水をキミコまで飲んでいたというのに驚きを抱いた。

「あんなアバズレの女でも薬水ら信心するんかいの」

「そら女やさか。アバズレほど体ちょっとようないと、どこが悪い、ここが悪いと言うの」

女らはそう言ってキミコの意外なところを見たというように言いあった。

当のキミコは姉の飲むゲルマニウム鉱石の粉末をとかした水を気色悪いと言って口にしただけで吐き出したのだった。白い粉末の溶けた水は匂いを放ち、鼻先に持っていくだけで吐き気がし、姉がどうしても飲めというから飲んだふりして、スナックの暗い洗面台に流し、代りに「水の信心や」と言って水道の水を一杯飲んだのだった。ヤスエも姉も「それで楽になるわァ」といつも言葉を掛ける。キミコは笑い出したいのをこらえ、また肩こりの話をはじめた二人に向き合い、「飲んでしもたら何でもない気するんやけどな」と言い、二人のかたわらに坐る。

二人は夜、男らが酒ビンを並べているテーブルの上に、キミコの姉が仕入れてきたゲルマニウム鉱石の粉末の入った古新聞をひろげ、手に入れられるのは新宮の薬局一カ所だけだ、五千円のところ二千円にまけてくれたと言いあっている。

「何やクスリてそんなにまけるの」キミコが言うと、実のところ、ゲルマニウム鉱石の粉末を売り出したが、薬事法違反の判決が出たから薬局は早く処分したがったのだと言った。それでも木本あたりから広まったブームが二木島にまで来るのに時間がかかったものだから、販売を取り扱っている薬局は在庫をすでに返品してしまっているので、二木島の者らは返品しそびれた薬局をさがし廻らなければならなかった。

「うちのが新宮まで行たついでに、この間買うてきたの」姉は言ってから、ふと思い出したように、「キミちゃん、誤解されるといかんから、うちのと一緒に車に乗らんといて」と言う。

キミコは違う、違うと首を振る。

「誤解も何も、そのゲルマニウム、うちが、兄さんに頼まれて買うて来たんやないの。兄さんなァ、ゲルマンというの頼まれとるの、すぐ忘れるやろから、字で書いたメモを持つかわりに、キミちゃん、乗ってんかァと言うので乗った」

キミコはふと話を替えるように、「水の信心て聴いた事ある?」と訊く。

「何、それ?　やっぱし生理不順に効くの?」ヤスエが訊く。

キミコは姉の夫と新宮に行ったその日に、新宮で根強く広がっていた水の信心から事件が起こったのだと聞いた。

二木島と新宮は土地の広さも形も違うが何となしに似ていた。新宮も二木島も神武上陸の土地と言われ、秦の始皇帝に不老不死の薬を持ち帰るように遣わされた徐福《じよふく》の伝説があり、さらに祭りに早船がある。そこで体が若返るという水の信心にこりかたまった者らが家の中に閉じこもり行を繰り返し、ついに老婆が死に、信者のきょうだいが怪我をした。老婆が死んでも生き返るとなお行を続け、腐臭が町をおおって事件が発覚し、行に入った者らは逮捕された。キミコは何となしに二木島でも同じような事が起こる気がし、機先を制するように、「なあ、いくらゲルマニウムの粉末飲んでも、そんなにして死んでしもたらしょうがない」と言い、姉をからかうように、「ちゃんと相手にしとったら血の道もなおるのと違うの」と言う。「何、言うとるの」姉はキミコが暗に何を言っているのかさとったように声を荒《あら》げる。「ここ、うちの住んどる二木島や」姉はわなわなと震える。キミコは姉の大仰な怒りように苦笑し、「ああ、二木島や」と蓮っ葉に答える。

「わたしはこのヤスエさんにも、髪の毛持って引きずり廻されたの覚えとる。何人ものオバさんからもされた。鬼のような女ばっかり住んどる二木島で、あんた網元の男、引っかけて暮らしとるの。あんたも鬼みたいになって、人間の血も通わんさか、最後に石の粉、飲んどるの」

「キミコ、おまえ」

姉はどなる。姉はキミコにつかみかかった。キミコは姉の手を払いのけた。

「誤解せんといてよ。誰かさんのように一人にしがみついとるんでないんやから。男日照じゃあるまいし誰があんなまわりくどいのをなぶる？　十四のわたしと違うんやから」

二人の剣幕に呆気に取られていたヤスエが立ち上がり制止しかかって、「なあ、オバさんら鬼やなァ」とキミコに言われ、ムッとして坐り込む。そのヤスエに今一言、石の粉を飲み続けてイケスのハマチのように腹をみせて浮いているのが二木島の女にふさわしい、と言おうとして、キミコは止めた。ヤスエが二木島から姿を消したのは、次の日だった。

キミコは達男に鬼のような女の一人が二木島から独り姿を消したと言い、達男に一緒に組んで二木島の人間が驚くような悪作をしないか、ともちかけた。「俺じゃて二木島の男じゃのに」達男が言うと、キミコは自分から進んで脱いでいた服をつけはじめ、「あんたに贈り物するのに猿でも獲ってきたらええんやろが、わたしは女やから鉄砲よう撃たんからな」と言う。達男はじらされた子供のようにキミコのまといかかった服をひったくり、体をかかえ、パンティをむしり取る。「この体しかないんやから」キミコは達男の体を離そうともがく。達男が鳥を放つようにキミコを用心深く離すと、素裸で暗闇の中に立つ。「この体しかないんやから」キミコはまた繰り返した。達男はただ「おうよ」と答えて、白く浮き上がったキミコの体を抱き寄せた。

ヤスエの事件があっても重油の噂は消えなかった。二木島の誰もがイケスに重油がまかれていた直後に発覚した事件だったから、ヤスエが毒喰わば皿まで、という気持ちで、漁にたずさわる者らの総意で推進していた事をぶち壊し耳目をそらす挙に出たのだ、と思ったが、ああではないか、こうではないか、と噂しあっているうちに、ヤスエに、そこまでのバク連な気持ちはないという結論に落ちついた。

女らはキミコと比較した。キミコならやりかねない事だったが、ヤスエに重油を用意し、闇にまぎれて港の中のイケスまで船を出しぶちまける能力はない。それにヤスエがやったのではないか、と噂していた女の中から、重油がまかれていた夜はヤスエは家にいたと言い出す者が出た。

「宵までわしとこにおったんや。婿さん、わしとこに、いつまでも婿さんを放っといて他所で何しとる、と怒って迎えに来て、あの女、舌出して、婿さんに、ゲルマニウムの話してやっとったの、としゃあしゃあと言うて帰っていった。それから朝のあの騒ぎや。人の家の事やから分からんけど、悪いことする女やったら、その為にも婿さんの機嫌取らんならんのと違う？ 血の道が悪いかっても、あの婿さんの鼻息知ったら、サービスせんならんやろ」

女らは笑い入る。「二つも三つも。朝の騒ぎの時顔あわして、湾にギラギラしとる重油に気取られて顔色まで気づかなんだけど、ゲルマニウム、効いて、見違えるような顔と違たんかなァ」女らは得心出来たというように笑い、気心の知れた自分と変りないヤスエが二木島の何もかもを打ち壊すような事件の犯人ではなかったと安堵し、そして不安になった。ヤスエの失踪と使い込みの発覚は油膜の光るイケスに白い腹を見せて浮いたハマチと変らなかった。

女らは漁協の広場の前をキミコが通るたびに眼で追い、山仕事から人夫を乗せたバンが戻る度に熱く注視した。

達男は山の精気を体にまぶし、自分がどれほど女らの気を魅いているのか意に介さないようにすくっと立ち、人夫仲間に声を掛け家の方へ歩き出すのだった。達男の姿は山仕事する他の二木島の男らと変る事はなかったが、空がまだ青いのに裏山はすでにかげり、二木島の面した海にふりそそぐ日の光も赤く変色して見える時、子供の頃から荒くれで通ってきた男が黙々と仕事帰りの歩を進める姿は、女らに尋常でない胸騒ぎをひき起こす。もっともその胸騒ぎをしっかり感じとめたとしても、女らは自分らが空からも海からも、冬も夏も日の光にあぶられ、魚の臭いが肌理《きめ》の一つ一つに滲みこんだ盛りをすぎた齢で、ひところ廻ってきた旅劇団や地芝居の演目のような恋の物語の相手役を演《や》れる身ではない事を知っている。それにわけの分からない石の粉にまどわされたように金を借りまくり物を買って売りまくって、男が他所にあったのか、なかったのか、突然、出奔するような事は、人に先を越されてみれば、いっそう我が身にはありえない事として、恋も愛も縁遠いと、身をすくめ、その逆に言葉が一層軽くなる。

「ああして家に脇目もふらんとまっすぐ帰るけど、頭の中で、今晩、何して遊ぼ、と考えとるんやわ」女の一人が言う。

「そら、飯食べて、犬つれて走って、今日のオハツをいただきに行くんよ」「オハツて？」「キミコの、よォ」女はくすくす笑う。

「あの男が他の男の後らで行くかして。風呂入って、綺麗にして、何にも知らん処女やという顔しとるの狙て、済ますんよ。あのスナックの客ら、キミコにさせてもろても、キミコの心も体も、早いうちに達男に吸い上げられとる。そら上手ゃァ。わしでも、オトウチャンに気がイたふりしてだませるんやから、新宮で練習しとるから、ここの漁師らアハアと声上げただけで、すぐや」

「二木島の男、あかんみたいやね?」一人が合の手を入れると、「そんなに知っとるの?」ともう一人が合の手を入れる。「知っとる。トウチャン、二木島の男」女らは笑い入る。

「アハアでいかして、金や。三万取られたて。こないだも二万でええと言うていたら、スカート汚れたから言うてクリーニング代一万円取られたとキイやんが言うとった」女らは金の額の大きさに驚き、そのキミコが夕暮時にいつも姉の店を出て湾の先端の岩場の方に歩いて行くのは達男と逢引しているからなのだと言う。もちろん女の誰がキミコと達男が逢引している姿を見たわけではなく、ただ一人が耳にした言葉を達男の後姿とつなげてみただけだった。

達男は二木島に渦巻く噂の一つ一つを知っていたが、知らんぷりをした。家に帰りつくなり風呂も入らず山の草木の汁の匂いがこびりついた体のまま裏の犬小屋に行き、はるか彼方から達男の匂いをかぎつけて甘えて声を出す紀州犬を六頭オリから出してやり、柵を立てて作った訓練場に入れて、まるで自分が人から獣に堕ちたようにイノシシの真似をして紀州犬と遊ぶ。紀州犬は達男がイノシシではなく自分の上に君臨する人間だと充分心得ていて、達男をイノシシのように狩るが、歯を立てては噛まない。四つん這いになった達男の腕と脇腹を二頭が襲い、後の四頭が尻尾を振りながら、まるで輪姦の順番をでも待つように自分の出番を待っている。

「行け、思いっきり嚙んだれ」声がし、達男は傷ついたイノシシを装いながら顔を上げた。良太が柵の向うに立ち、尻尾を振り続ける犬に真剣に「行かんか。行け」とけしかける。

達男は立ちあがった。紀州犬は一斉に達男から離れ、達男の指示を待つように注視する。良太は不満げに舌を鳴らし、「アニ、こいつら連れて走って来てもかまんか?」と訊き、達男の返事も聞かないで柵の戸を開けて犬を呼んだ。犬は達男を見つめたままで動き出そうとはしない。

良太はまた舌打ちし、急に気づいたように達男を見つめ、突然、ニヤリと笑う。「イケスに犬でも飼うたらええんじゃのに」

「なんない?」達男は良太の言葉を訊き返した。

「アニじゃったらイケスの中のハマチ、この犬らみたいに手なずけるじゃろ。右廻りに泳げ、左廻りに泳げ、ひっくり返れ。アニが飼うたらハマチ、そんな芸当するじゃろに、あれら餌食て、泳ぐだけ。あの時、会うたじゃろ?」良太は達男の顔を見つめる。

「知らんなァ」

達男は良太の口を封じるように即座に言い、命令を待ち受けて達男を注視し続ける紀州犬に柵の外に出ろと合図する。

「そうか、アニと会わなんだんじゃ」「良太と逢引らするもんか」達男は笑い、良太の頭をこづく。

達男が走りはじめると紀州犬は一斉に達男の目ざす方向も道筋も知っているというように家

の裏の道から山肌を登りはじめ、昔、父親が家のそばを通るのでそこだけは売るのを渋ったという山肌についた鉄道線路の方に走り出した。

線路にさしかかった時に犬が一斉に疾走し、木の茂みに飛び込んでいった。一瞬にその犬より早く木の茂みに姿を消したのが猿だと分かった。

達男は犬を呼んだ。

犬は尾を振りながら達男の方に戻る。木の茂みの奥深くまで追っていった犬が走り寄ろうとして突然悲鳴を上げた。達男より後から従いて来ていた良太が茂みの中に入り、「アニ」と呼んだ。達男が下草の茂みにほの白く見える犬の方に近寄ろうとすると、良太が「あぶない」と声を上げる。達男は立ちどまり、良太が叫んだ理由を一瞬に理解した。

それは異様としか言えない光景だった。

茂みのいたるところに小鳥を獲るには大きすぎる木の弾性とゴムの弾性をぎりぎりまで利用して作ったワナが幾つも仕掛けられてあった。

達男は苦笑し、木ぎれをひろい、良太の警告がなければ肩か足かに直撃を受けて骨を砕いたに違いないはずの太い竹の棒が落ちてくる仕掛けのワナを突つき、落とした。

音が立つ。

達男は笑った。

漁協で働く女にしても、漁協の前の広場に手がすいた時に集まり話し込んで帰る女にしても、重油の事件がありヤスエの事件が発覚した後だから一層、二木島が風景が溶けるように美しく静かなのは、昔、二木島一帯に君臨するような旦那衆だった池田の家の、たった一人の男の達男がおとなしくしているからだ、と思っていた。早朝、山仕事の人夫らと共に広場に立って材木商の差し向けた迎えのバンに乗り、空に日があるうちに帰る。達男が山仕事の人夫として働きはじめた時、世が世でなくなったと言え池田の家のたった一人の男が、と奇異に思い、どうせ面白半分にやりはじめたのだろうから、何事かしでかす、と言いあったが、達男がよく働く人夫として山仕事を務めている、と聞き、それが二年、三年と経つに連れて、達男が山仕事に出かけるのは深い理由があっての事だと思いはじめた。

旦那衆の考えはしがない漁師らの及びもつかない。達男は没落しかかった池田の家を昔、二木島を汽車が通る前のように再興すべくまず家を興した曾祖父のように、いや二木島土着の者として東征して来た神武より古いと気位高い四代前、五代前の時代、いや、沖を通る船を襲い、南方、支那の方まで遠征したと伝説のある水軍の時代の者のように、いちから始めるつもりなのだ。そうでなければ、一代で成り上がったと噂される材木商の人夫として、二木島の王国のたった一人の男が毎日朝早く起き出して働きに出ない。女らはそう噂したが、二木島の若衆らを引きつれ、突飛な悪作をしでかす達男を見たり、毎朝空が崩れない限り山仕事に出かけ、時には山の奥深くに誘われて神隠しにあうように、十五日、二十日と小屋掛けの為に二木島を留守にしているのを見ると、達男は池田の家の再興などまるで関係ない、もっと深い理由で山仕事に出掛けているように見えてくる。

達男の母親はよく、達男は神仏に祈って授けられた男の子だと言った。女らは達男が悪作をするたびに「神仏に祈ってエラい跡取りを授かったわだ」と母親の言葉を嘲ったが、その二木島の女という女、残らず布団の中にもぐり込んで組みしき、男という男、すべて自分の手下のように振る舞う達男が、危険の多い山仕事に出かけるのは尋常ではない理由によるのだと思った。女の一人は、男の血がどうしてもいる池田の家で、父親が齢老いるまで何人子を産んでも女ばかりなので、父親と母親は神仏に何事かを約束して男の子を授かったのだと言った。達男はその神仏の声を聞きに山に入っているのだ、と言い、女らは山の中での達男の振る舞いに注視したが、組をくんだ人夫良太の伝える達男の振る舞いは二木島にいる時と変らない。

達男はしてはいけない事を平気でした。山仕事で山に入った限り、たとえ仕事の現場が山の頂上であろうと、山の霊気を穢《けが》すように頂上で小便はしないし、もし仕方なしにするなら木陰にむけてするものだが、達男は何のこだわりもなく、した。或る時は神木のサカキにかけた事もあったし、サカキでコブチを作った事もあった。

女らは人夫から達男の山での振る舞いを聞いて、「怖ろしよ。いくら神仏の授けた子でも、バチ当るわ」とつぶやき、真底怖れるように顔を見あわせ、黙り込む。

「あの祭りの時使うサカキかん？」

「おうよ。それが鳥の血でべったり穢れとる。俺らすぐ酒持ってきて、浄めたけど、あれは知らん顔しとるんじゃ。何でそんな事するんない、酒に何の御利益あるんない？　と訊く。俺もよっぽど腹にすえかねて、身内じゃから言うんじゃがと言うて、親父が朝夕、神仏に祈るの欠かした事ない御人じゃったが、お前は一体、何な？　と言うてどなったんじゃ。お前は人間じゃないんか？　ケモノか？　あいつは俺にそう言われてもニヤニヤ笑て、ケモノじゃよ、と言う。達男についとるのがタケならまだええじゃが、このごろは、あの小悪党がへばりついとるじゃろよ。あれが達男をそそのかす。あおる」

女らはその達男が山から二木島に戻り、自分らと同じ景色を見て同じ夜の中で眠り朝を迎えるのが不思議な気がする。

風が吹くと下の方から耳に届いていた街の物音がかき消え、良太はその度に達男に目をやった。生い茂り匂い立てる下草や椎や櫟《くぬぎ》の葉ずれの音が山にこもる霊気のように鳴り出す中で、決して本当に達男がそうなるとは思っていないのに、風と共に達男がかき消えてしまう気がしたのだ。

達男は風を受けとめて汗をぬぐった。

良太も達男に真似をしたと気づかれないように用心して汗をぬぐい、山に入ってから寡黙になり、働きはじめてからなお寡黙になった荒くれの達男が、いま何を考えているのか、風の心地よさをどう受けとめるのか、耳に間断なく響く山の草木のたてる鈴のような葉ずれの音をどう感じるのか、知りたかった。声を掛けて訊《たず》ねれば達男は奇異にも思わず、「抱いてくれとせっつくんじゃよ」とか、「まきついて放れんのじゃ」と、まるで世迷い言のように、山仕事の人夫同士でなければ理解出来ないような事をあけすけな性の言葉で言うはずだった。山には山の神がいたるところにこもり、しかもその神は女そのもので、しっと深く男を独占したがる。

良太は訊かなかった。たとえ訊いたとしても、答は良太の得心するものではない。山仕事の人夫らの信じる迷信をその通り言う達男でなく、良太が達男に従いて山仕事に入ってから、昼も夜も可能な限り注視しつづけて来た大きな体をした荒くれの生身の本当を知りたい。海中深く潜り突く伊勢海老のようにヤスで達男を仕止めてみたかったし、猿を狩ったように達男を仕止めてみたかった。夜の闇に乗じて良太は何度も達男がキミコを呼び出して嬲《なぶ》るのを目撃したが、闇に浮き出た白い裸体が達男とキミコの生身ではなく狩って思いのまま操れる猿の雄雌か、子供の頃、夏休みあけに学校に提出したホルマリン注射を射ってピンで留めた標本の昆虫であって欲しかった。達男の腰が動き、手が動く度にキミコは声をあげ、良太は固唾《かたず》を飲みながら、二人が裸の人間ではなく、重油一缶であっけなく息をつまらせ水面に白い腹を見せて浮きあがったイケスのハマチのような気がした。

風がまた吹き上がった。

達男は肌をくすぐる風の心地よさに一瞬、物思いに沈んでいたのを破られたように顔を上げ、自分を見つめている良太と目が合うと一等弱い部分を目撃されたというようにバツ悪げな顔をし、下で刈った夏草をひとまとめにしている順造に、「アニ、あそこの裏からケーブル引くの、助けたてくれよ」と言う。順造はとまどい、それから急に明るい顔になり、「おまえが言うんじゃったら、かまんよ」とあきらかに猫撫で声を出す。達男はそれっきり黙り、仕事に戻った。

三時に材木商の番頭が来るまで達男と順造の間に何が取り決めされたのか分からなかったが、番頭が現場に着くなり、最初、達男に話しかけ、達男が順造を教えると順造に歩み寄りながら広げた図面を見て、良太は取り決めたのが達男の管理する池田の家の持ち山の売買だと分かった。順造が嬉々《きき》として番頭と刈り取った草の上にしゃがみ図面を広げて額を突きあわせるのを見て、達男は持ち山を売る事に乗り気でなくむしろ渋っていたのが分かった。後に激変した相続法の手前、六人の姉や姉婿らの要求を無視する事も出来ず、達男は池田の家の男として、前から売買の申し出のあった山を売る事を決断した。図面を広げた二人と達男を見較べ、良太は達男が人の思いもつかないほどの重圧を背負って生れているのを知った。

達男は女ばかり六人続いた後でただ一人の男として生れ、父親が死ぬと女に取り囲まれた家の家主として外でどんな悪作をしようと家の中では責任を要求されて生きてきた。二木島の者はその鬱陶《うっとう》しさを知らない。達男の女房も漁師の女らのように日がな一日噂をして廻る質《たち》ではなかったので、頼る者のない達男の苦労は、孫二人連れてたまに漁協そばに停った小型三輪の雑貨屋に買い物に来る母親の言葉の端々からうかがうだけだったが、その苦労への同情も、達男が無断で海老網を仕掛けた、船を出して沖に停泊する海上保安庁の巡視艇を理由なく挑発し、抜きつ抜かれつの追いかけっこをしたという悪作にかくれ、非難に取って代る。

二木島が背にした山の、もう一つ向うの山からケーブルを張って池田の家の持ち山から切り出した杉材を、二木島の漁協前に運び、そこからトラックに乗せて外に運び出す仕事は順造だけが達男らの人夫仲間から抜けて加わった。本体の達男らは材木商のはからいか、それとも自然にそうなったのか、吉野の奥まで入って木を切り出した。二木島の者、誰彼なしに、二木島の裏山の真中を断ち割るように支柱を立ててケーブルを張り、運ばれてくる杉材を見て、二木島に王国として君臨していた池田の家が、はっきりと没落したと感じたのだった。

ただ誰もがケーブルに吊るされてモーター音と共に滑り降りてくる杉材を見て、その大きさに驚いた。或る者は池田の家に転がり込む金の額を計算した。一人、達男に頼まれて杉材を出す人夫の責任者として声を掛ける達男の姉婿の順造に、姉弟七人でどう山を売った金を分割するのか、やんわりと訊く者もいた。二木島の者はただ切り出されケーブルに吊るされて宙空に浮いた杉材の美事さに感心するだけで、達男が二木島から車で二時間かけて入った吉野の山の中で味わった悲嘆を知る者はいなかった。

達男はその杉材の容積の分だけ二木島に池田の家が根を張り地の利を生かして養分を吸ってきたと知っていたし、今、はっきりと父親の代から始まった王国の崩壊が衆目の分かるような形を取るのだと知っていた。父親は何度も山を売ったが、その度に、鉄道がつけば二木島は拓《ひら》ける、道路がつけば二木島は同じように神武上陸をうたう新宮のように繁栄すると理屈がついていたので、神武上陸以前から土着して海を最大限に使って繁栄した二木島の王国の家が崩壊しているのを直視しなくてよかった。達男は空耳のようにモーターの音を耳にし、父親の遅い男の子として生れた自分にまとわりついた呪縛が一つ解けると思った。

材木商の番頭が街で遊ばないかと誘ったので、達男は良太を連れて新宮で降りた。日のあるうちは良太がスシを食いたいと言うのでスシ屋に入り、達男と番頭は酒を飲み、日が落ちてからスナック街に出かけた。


スナックで番頭と達男が店の女相手に酒を飲んでいる間、良太は店そのものに興味がないように、外に電話をかけに行ってくる、煙草を買ってくると口実をつけて、出たり入ったりしていた。良太が外から戻り、ほどなくして、外からサイレンの音が聴こえた。店の女らが立ってスナックの扉を開けると、サイレンの音は一層大きく鳴り響く。

「新宮は火事、多いさか」

番頭は達男の心の中をのぞき込むように見て、扉を開けて通りかかる者らに火事はどこだと訊いている女の代りに酒をつくった。達男は番頭の気遣いがうっとうしく、良太に外に出ると合図した。良太は弾かれたように立ち上がる。達男は番頭に礼を言い、まだこれからカラオケを歌ったりするのに、と引き止めにかかる店の女に「ひさし振りに火事の見物出来るんじゃさか」と言い訳した。

サイレンが鳴り続けていた。浜の方で火の手が上がっているらしく空が赤かった。良太に火事の方に向って走ると言いかかると、良太が「アニ」と前に立ちふさがる。

「火、つけるの、見た」

達男は訊き返した。

「俺、火つけるの、見つけた」

良太はきらきら光る眼で達男を見た。達男は一瞬興味をそそられるが、端《はな》から信じないように、赤い空の方にむかって走り出した。良太が「アニ、行くな、アニ」と声を荒げながら従いてくる。駅前の商店街まで走って、達男は止まった。その達男の腕を引いて良太が、「一緒に来てくれ」と商店街から脇道に入る。脇道から次の脇道を抜けると、いきなりそこは駅からもう一つ別にのびた通りになり、さらにそこを抜けると昔、青線のあった新地に出る。新地の小料理屋の前で人だかりがしていた。良太はかかわりあうな、というように、「アニ、知らん顔せえよ」と言い、達男の先にたって歩いた。

良太は新地のはずれの小料理屋の前に立った。小料理屋の脇に自転車が立てかけて置いてあるのを指差し、「こいつがやった」と言う。良太は見たのだった。少年はスナック街の脇道に夜の暗闇にすべり込むように入った。良太は自動販売機から煙草を取るのを忘れて少年の動きにそのかされ後を追った。少年は脇道を抜けるとすぐに自転車に乗った。自転車に乗るとすぐ走り出した。良太は気づかれないように、自転車が角を曲った途端走って後を追った。酒をグラス一杯も飲んでいない良太には、たとえ少年の自転車が全力疾走して新宮の街中を走ったとしても息を切らせず後を従いていく自信はある。街中を一周したとしても、達男がグラス一杯の酒を飲む時間内に元の自動販売機に戻り、煙草を買いがてら外の夜気に当ってきたと言い訳が出来、達男を怒らせないでおける。

少年は後から従いて走る良太に気づかなかった。スナック街から走り出た自転車は元のスーパーマーケットの駐車場で急ブレーキをかけた。良太は走り止め、見つからないよう看板の陰に身をひそめた。少年は自転車を降りもせず、股でサドルをはさみ両脚で支えたままでポケットをさぐった。ビンを取り出し、一台の荷台に幌をつけたオートバイの上にビンをふりかざし何かをふりかけ、次にライターをつけた。炎が立った。良太は少年が何をしていたのか瞬時にわかった。炎がオートバイを浮きあがらせた。少年は自転車を起こし、あたりを見廻して、また走り出す。

少年は浜のそばの家の前に停った。ビンを取り出し、中味を家の戸板にまいた。少年は自転車を地面に横だおしにして置き、歩いて家の前に立ち、ゴミ屑をかき集め再び自転車を起こし、またがったまま、ライターで紙切れに火をつけ、ゴミ屑めがけて放った。火のついた紙切れは炎を上げながらゴミ屑の上に落ち、すぐに油が滲み込んでいるゴミ屑が燃えはじめる。炎がゴミ屑から戸板に移動しはじめるのを確かめて少年は自転車を走らせる。良太はその少年が小料理屋に逃げ込んだと言った。達男は黙ったまま良太の顔を見た。

深夜二時、二木島の火の見櫓《やぐら》の半鐘が鳴らされ、続いて漁協が設置している緊急災害用のサイレンが鳴らされ、それで眼覚めて外に出、青年会館のゴミ箱が燃え上がっているのを見つけて、達男は新宮の火事の放火犯を追跡したと話した良太の顔を思い出した。子供ら二人が寝入ったままなのに母親と女房が家の庭に立った達男の脇に来て、「誰ぞ火ついた煙草、そのままゴミ箱に棄てたんやわ」と解説めかすのに腹が立ち、「火つけたんじゃ、火ィ」と言い、家に入れと押し返した。

「また、誰も責任取らん事やったら、この池田の家に尻持ってくる」

母親は達男にゴミ箱が燃えたくらいでつけ火なぞと言うなと言った。

「大仰に半鐘鳴らして寝入った者起こして、針の穴ほどの事がさもお国の一大事みたいに騒ぎ立てて。ゴミ箱につけ火する者がおろか。どうせ清掃担当の女ら、ろくろく灰皿の中も見んとゴミ箱の中に放り込んで一晩ブスブスいこり続けたんやのに」

「子供じゃ。子供が火つけて遊んだんじゃ」

母親は鳴り続ける災害用のサイレンにかんしゃくを起こして、急に昔のまだ池田の家が二木島の海も山も所有して並ぶ者のない王国の統治者だった頃を思い出して、二木島の漁師らの狭量をなじり始める。二木島に鉄道がひける前、漁師らも造船所の職員らもおおらかなものだった。木本、遊木、二木島、九鬼。キの音がつく土地はどこでも天然の良湾になっていて交通の便もよいし漁も盛んなので、小さな事にこせこせするような気質はなかった。それが今では何でも噂になる。材木一本切り出してもそうだし、達男の飼っている犬が吠えたと言っては目くじらたてる。母親は言った。

「かまんのじゃ」達男はつぶやいた。丁度家から湾を通って漁協と直線に結んだ位置にある青年会館を見つめた。

「お母、みてみい。誰ぞ若い衆がゴミ箱に火つけて面白がったんじゃ。消防団出すまでもないのに、青年会館に若い衆ら皆集まった。火も消さんと会館の電気つけて遊ぶ準備しとる」

達男が言うと母親は「行くなよー」とさとす。「お前が行てみ。やっぱり親玉は池田の達男やった、と言うて、何もかも、漁師の網のほどけたのまでおまえのせいになる」

「行かん、行かん」達男は母親を安心させる為にことさら大仰に手を振る。「俺りゃ、あいつらと違う」達男の言葉に母親が真顔でうなずいた。

鳴り続けていた漁協の災害用のサイレンを誰かが止めたので急に二木島中が静まりかえってしまったようで、良太は不満だった。オートバイ用のガソリンをまいて火をつけたゴミ箱はあっという間に燃え尽きてしまい、条件反射のように消火器具を取り出して駆けつけた村の若衆らで結成する消防団も、一年に一度四月にやる訓練よりもあっけなく拍子抜けした様子で、その分だけ、二木島の者にわざとらしく悪意を見せつけるだけのようなやり方をした犯人に怒りがたぎったように、「どこのどいつないね」と言いあった。良太は心の中で苦笑したが、黙ってトシオのそばにいた。トシオのそばにいる限り、誰も良太を疑う者はない。トシオはまだ漁に出るには二時間も早いとぼやきながら、号令をかけて若衆らに消火器具を倉庫の中に納わせ、青年会館の中に上がり込む。良太は気を利かして台所の流しの下に置いてあった一升ビンを持って来てトシオに差し出す。トシオは満面に笑《えみ》をつくり、一升ビンを受け取ってことさら豪気をよそおうようにラッパ飲みし、ふと良太の振る舞いが尋常でないと気づいたように、「なんな。おまえ、何ど知っとるのか?」と訊く。「何がよ? 俺が何を知っとる?」良太が気色ばむとトシオはふと気づいたように、「達男アニは?」と訊く。良太はことさら突っけんどんに知らないと答えた。

「普通じゃったら一番先に来て、ああせえこうせえと言うアニが今日は来んのかよ」

「俺ら、一番先に来た」良太はトシオに幻術を使うように言った。「来たらすぐ倉庫の鍵開けてアニらの消防団がすぐ出来るように器具外へ出しとったんじゃ」

良太は達男が火をどう見たのか知りたかった。新宮で放火犯を見つけ、犯人が家に舞い戻るまで跡をつけてから、達男に目撃した一部始終を話したのは、それが二木島で良太がやってもよい事のように思えたからだった。二木島は新宮の十分の一にも満たない土地だから、放火犯の少年が使っていたように変速器つきの自転車に乗る必要もなく、闇から闇へ猿のように走れば十分ほどでくまなくガソリンをまいて火を放てる。火を放ってどうするわけでもなかった。ただ燃え上がる火の中に達男が浮かびあがればよい、と思った。

その青年会館に集まった若衆の中からも、ゴミ箱にガソリンをまいてこれみよがしに火を放ったのは、二木島に敵意を持つ者の仕業だと犯人の穿鑿《せんさく》が始まっていたが、一夜明け、良太が達男らと山仕事に出かけ戻ってみると、漁協前にたむろする漁師の女らはどう考えてみてもこの二人以外にないと言って達男とキミコの名前をあげ、「あれら、昔から二木島ぶちもじったろと狙っとったさか」としたり顔をした。良太は心外だった。達男一人、良太がノロシのようにあげる火をわかればよいと青年会館前のゴミ箱を燃やしたのに、そのノロシの火も女らによって達男とキミコのものにされてしまう。良太には達男が不思議な魔力を持った男に見えた。二木島の裏山から材木を切り出してから一層不思議さが増した。二木島の者皆が、イケスに重油をまいたのもゴミ箱の火も達男に違いないと噂しているのを知っているのに一言も弁解せず、甘んじて噂を受けるように、仕事から戻ると犬の訓練をし、あきると犬を連れて漁協前の広場にやってくる。女らは犬に囲まれて歩いてくる大きな達男を見て目を見張り、達男が黙り込んでいるので声を掛けるきっかけを失い、達男が集会場に姿を消したり、裏山の方へ向ってからやっと威圧から解けたように、「このごろ、犬しか相手にしてくれんのかいの」とからかいはじめる。「犬や猿相手にしとったらええんよ。もう昔と違て殿様や王サンの言う事聴く家来ら誰もおらせんのやさか」

女らはそう言って笑い、ふと達男の父親の話になり、今度は達男に同情しはじめる。

「親の期待が大きすぎたんやよ。あっちもこっちもの神さんや仏さんに参って、一人息子を頼むと願かけ廻ったから、神さんや仏さんがハチ合わせしとるんよ。一つか二つにしといたらええものを、池田の旦那さん、金あるもんやからあれもこれもと頼んで、神さんや仏さんがハチ合わせしとるもんやから、達男はやりたい放題」

二木島の裏のもう一つ向うの、丁度加田にある山の杉材を斬り出し、六人居る姉らに均等に金を分配してから、達男は母親にも姉らにもよほどの事がない限り山も杉も檜《ひのき》も売るつもりはないと言い渡した。近くに嫁いだ姉らには直接家に呼び寄せて伝え、他所に嫁いだ姉らには電話で親族会議を開く事もないからと言って伝え金を郵送した。一廻り半ほど違う長姉は、くだくだと息子の結婚式の費用がかさんだ、二番目の娘の学費が要ると泣き言を並べ、もし自分に取り分があるのなら、よほどの事が起こった時に呉れる分を今くれないかと言った。達男が自分の一存で決めた事だからと取りあわないと、直接会って窮状を訴えた方がよいと悟ったように、夏一家で二木島に戻ってよいかと訊ねる。嫁いだ娘が実家に戻るのに何の不都合があるはずがないと達男は答え電話を切り、暗澹《あんたん》とした気分に襲われたままぼんやりと外を見ていた。

達男の家から海が見え、その海に突き出すように岩場があり、朱のはげ落ちかかった鳥居が見える。達男の家から見える鳥居の丁度真中が二木島の祭りの時に神に奉納するカケノイオを獲る禁区だった。その禁区に舟を浮かせ鳥居をあおぎみると、達男の家が鳥居に守られた神殿のように見える。

雨が薄い膜をあたり一面に被せたように降っているが、海の青さは光が射している時とさして変らない。達男は順造や材木商の番頭の攻勢に抗しきれず杉材を売った事を後悔していた。確かに父親が残した物を売り払えば、六人の姉らが人並みの贅沢をしてゆけるだけの金は出来る。しかし、何かが音をたてて崩れる。いや、達男はカケノイオを獲る禁区を見ながら、すでに何かがじょじょに崩れはじめているのを知っていた。

達男は海を見つめ、禁区の底に飛び込んで魚を突いた時に肌に感じた冷たい水が体の中に流れ込んだ気がして目を瞑《つむ》る。達男は立ちあがり、子供らが悪戯しないようにかもいに掛けてあったヤスを二本取り、水中メガネを持って、外に出かかる。玄関で行商の女と立ち話していた女房が達男を見て「雨降ったら、子供ら早う帰ってくるのに」と、達男の焦立ちは子供らを相手にしていたらおさまるという言う方をする。

「ムシャクシャするさか、ちょっと海で遊んで来る」

達男は言って、家の下の湾につないだ小舟の方をあごで差して教えた。

達男が舟のともづなを解き、櫂《かい》を漕ぎかかると、良太が「どこへ行くんな?」と岸から声を掛けた。達男は声が耳に入らなかったように、湾づたいに禁区の方へ向けて漕いだ。禁区の海に来て、達男は躊躇《ちゆうちよ》した。良太が達男の家の畑を横切り、岩ばかりなので放り置いたままの茂みを突っきり岩場づたいに鳥居の方に走って来るのを見て、一瞬そうやることが二木島に古くからある池田の家に生れた男として当然の事のように思え、水中メガネもつけず、ヤスも持たないまま素裸になって、達男は海に飛び込む。

海は三ヒロほどの深さで急に冷たくなる。群れていた小魚が一斉に逃げた。大きなカケノイオが岩場から出かかり、達男を見て身をひそめる。達男は息の続く限りもぐっていようと、普段なら帰りに充分呼吸が間に合う距離で止めるのに、目を開けたままもぐり続けた。息が苦しくなり、これ以上海の中にとどまっていられない状態になって達男はゆっくりと体の力を抜き、水を飲みながら浮かび上がる。苦しさに気が遠くなりながら、達男は水面を見つめている。

水に顔を出し、息をつぎ、激しく咳込みはじめた達男の耳に「アニ、何しとるんな」と良太の声が聴こえた。咳込みながら「オメコ、オメコ」と達男は声を出す。達男のその振る舞いが一人だけにおさまっているならよかった。一人禁区の海にもぐり、胸のつかえを取っておちついた達男は、良太に集会場で雨にあぶれてゴロゴロしている若衆らを連れて来いと命じた。良太は達男が独り禁区の底深くもぐっていた理由をやっとわかったように、「よっしゃ、皆な連れて来たる」と駆け出す。集会場にいてかき集められ、トシオの漁船に乗せられた漁師の若衆らは、禁区にもぐりヤスで魚を突いている達男を見て驚かない者はなかった。トシオですら「ここで魚釣るだけでも怖ろしのに、魚突いて血ィ流して」とつぶやいた。

「かまうもんか。たたる言うの嘘じゃ」

良太一人、煽って廻る。良太は裸になり、ヤスを持って飛び込んだ。

達男がことさら奇矯な事をやるのは今に始まった事ではなかったが、漁師の若衆を引き込んで禁区で魚を突いたという振る舞いは二木島の祭りをかたなしにすると怒りを買い、それで、一切、海に近寄るなと漁協が決議した。決議してみたが、誰が猫の首に鈴をつけるかという話になり、達男とは遠縁の理事が家に出向くことになった。達男はその決議を聴くと、「海でどうしようと勝手じゃ。漁業権持っとるんじゃど」と鼻で吹いたが、漁業組合の理事は、海に入るなと言うのは漁業組合員を止めさせる事だし、ひいては権利を剝奪《はくだつ》する事だと説明した。達男は一瞬真顔になり、理事にむかって縁側から見える鳥居を指差し、「丁度、あの鳥居の囲みの真中が禁区じゃ」と言い、鳥居の建つ岩あたりまで昔から池田の家の土地になっている、鳥居の朱を塗りかえるのも池田の家の役目だ、と言った。

確かに池田の家は二木島の神社の神主のような役目をしていた。理事は子供をさとすように、たとえ代々、神主の役目を果たして来たとしても、神主が率先して神域を穢し、乱暴狼藉《ろうぜき》を働いては、板子一枚下は地獄という海に出て漁をする者らが神頼みするような目にあっても神の力が働かない、と言った。二木島に座す神は代々住んで来た池田の家の者に親しみを覚えるかもしれないが、神は池田の家の者だけに応えているのではない。二木島の者すべてに応える。達男は理事の言葉に不承不承という口調で「そうじゃね。時代が違うんじゃね」と答え、以降、海に一切入らないと誓い、漁業権を放棄するとまで言った。

理事のその話を耳にした女のうちの何人かが達男に同情し、狭い二木島なのだから一人だけ村八分にするような事をしなくてもよさそうなものなのに、と言い出したが、次の日、朝、集会場にむかって歩いていく達男の姿を見て、同情した者も口をつぐみ顔を見あわせた。達男の様子に変った事があるわけではなかった。海に入る漁師よりも日和や風の加減に左右される山仕事に就いた達男だから、二木島で晴れていても山は雨だと仕事にあぶれ、一日ぶらぶらしていても不思議ではないが、何一つ性根を入れかえた風もなく、「今日は朝から酒飲みじゃ」と漁協で立ち働いている若衆らに声を掛け歩いて行く。女らが反省の様子もないその態度に啞然としていると、わざと逆撫でするように、「風呂わかしてくれとるかいの」と訊く。「風呂ゆうて」女の一人が口ごもる。

「集会場の風呂ら、青年会が使うだけで、わたしら知らん」

憮然《ぶぜん》として女が言う。達男は女らの反応が面白くてならないというように、「良太にでもわかしてもらお」と言って、立ち働くトシオに「切りつけたら来いよ」と声を掛ける。トシオは「おうよ」とヤクザのように返答をし、「狭い二木島で気晴らしでもせなんだら生きて行けるかい」と言い、魚の仕分け用の籠《かご》を蹴りつける。女らは小声で、確かに気晴らしは要るかもしれないが、そのやり方が悪いのだと言いあった。

良太と浩二が集会場で朝風呂をわかし、達男に言われたと知らせに来ると、そのうち漁協で立ち働く若衆らが漁協の総会で叱りつけられた腹いせをするように、漁の後かたづけをそのままにして一人消え二人消えして、残って仕事をするのは女らと年寄りの男衆だけになった。

「何を考えとるんじゃやら」

男衆の一人が言った。

「何にも考えとらせんのよ。あれら体の痛いとこもないし、血の道のつらさもわからんから、神仏ら畏ろしと思てないんよ。食べていかんならんさか、ゲルマンの粉飲んで朝早うから起きて働いとる者らの気持ち分からせん。神仏にたよる気持ち分からせん。あれら神仏言うの、船漕いだり御輿《みこし》かついだりする事だけやと思とる。ワイワイ騒ぐ事やと思とる」

女は若衆らの声のする集会場をあごで差し、「神さん、怒らんとでも思とるんやろうか」と独りごちる。湯上がりの達男は下穿《したば》きひとつで冷酒を飲み、若衆らが風呂場の中で良太と浩二を餌食《えじき》にして、漁協で働く者らにこれ見よがしに騒ぐのを聴いていた。そのうち良太が濡れた裸のまま、顔を両手でおさえながらふらふらと歩いてくる。顔をおおった両手のすき間から血がこぼれ落ちる。

「どした?」達男が訊くと「鼻うってしもた」と、こもった声を出す。「ほれ、これで血ふいて寝とけ」と達男は肩に掛けていたタオルを放ってやると、良太は屈み込んで拾いにかかる。その時、頭から濡れそぼった浩二が笑いながら風呂場から飛び出し、良太にぶつかり、良太が達男に裸のまま抱きつくような形で倒れかかる。良太の鼻血が達男の胸にかかり、手で受けていた血が肩につく。「ごめん」と浩二が達男に叱られるのをおそれてわび、風呂場で騒いでいる若衆らの方を見て、「湯の中へ頭からつっこむんじゃから」と言う。良太は立ちあがり、浩二を殴りつけんばかりの勢いで、「ワレも、俺を湯の中に沈めて足で踏んだじゃろ」とどなる。「見てみい。風呂の底で鼻うって、血出とる」

達男は良太の手からさっき投げてやったタオルを取って体についた鼻血をぬぐい、「あんまり狭いとこで騒ぐな」とたしなめた。

「体洗ろとったら、いきなり後ろからつかまれて風呂に放り込まれて、俺が逃げられんように皆なで足で踏むんじゃから。湯の中で朝鮮べべされて何が気持ちええもんか。湯の中で死ぬど」

「俺も放り込まれたんじゃ」

浩二は笑いを消しむきになって言い、風呂場で「来いよ、風呂の中でプロレスしてみよう」と呼び笑い声をあげて騒いでいる若衆らの方を振り返り、「海の中じゃったら逃げられるけど、風呂の中で逃げられせん。あいつら海の中でプロレスやって負けたさか、俺とおまえに仇を討とうと思とる」と言う。

達男は苦笑し、鼻血をふけとタオルを良太に渡した。海の中でのプロレスとは、達男が考えついて良太に教えてやった遊びだった。山仕事をやる良太に、海をわが物顔にしている漁師らに泡をふかせてやれとけしかけた。集会場で子犬がじゃれあうようにやるプロレスを海でやれ、そうすれば、体が立ち優っていても技があっても息の長さとすばしっこさでおまえにかなうものはないから、漁師らを難なくねじふせる事が出来る。良太は何人にも勝負を挑んで勝った。そのプロレスを今度は湯の中でやろうと若衆の誰かが言い出し、良太は湯の中に投げ込まれたのだった。

良太は一瞬、混乱する。湯からはい上がろうとしてもがく。若衆らは良太が逃げないように足で体をおさえにかかる。達男は苦笑しながら、祭りで神にささげたカケノイオをこまかく切り刻み氏子が奪いあった時の興奮と、湯の中で苦しさに暴れる良太を逃がすまいとして足で踏んだという若衆らの騒ぎは似ていると思い、体についた良太の鼻血がカケノイオの肉ににじんだ血のような気がする。達男は酒を口に含んだまま、集会場の窓から見える海を見た。伝説が本当かどうかは知らないが、くもり日でくすんだ光を放つ海の彼方から神武天皇はやって来て、二木島のここに上陸したのだった。達男は海の水を飲むように口に含んだ酒を飲み込む。誰も達男が何を感じながら酒を飲んでいるか知らない。達男は思った。青春のとば口を確実に抜けたのに、まだおさまり切らないように悪作を考えつく男が、次の悪作に思い巡らすように海を見ながら朝酒を飲んでいる。衰えたところは体のどこにもなかった。達男は自分が光り輝いているような気がした。血をぬぐった良太が下穿きをはき、ズボンをつけながら達男を見つめていた。

若衆らが次々と風呂から上がり、服をつけたり裸のままだったり、各々まちまちな態《なり》で達男のそばに来て、漁業権を剝奪された達男をなぐさめるのはそうするのが一番だというように、御神酒《おみき》を飲むように一ぱいずつ湯呑みに酒をつぎ飲みはじめた。達男はふと、集会場で朝風呂に入った事も朝酒もことさら強がってみせるような行為だと後悔した。たちまち酒が底をついたので、漁師の若い衆らが手分けして酒と肴を買いに出、何を思ったのか、トシオがキミコを連れて来た。

「こんな集会場に他所者のうちが入ったら、二木島の人からまたひどい事、言われる。それに達ちゃん、ちょっとやそっとでしょげたりするような人と違う」

キミコは集会場の前で言い、中をのぞき込み、達男の姿を見ると、「えらい格好しとる」とおどける。

「トシやんが金はずむからヤトナやれと言うけど、いきなり裸相手のヤトナでないわ。スナックで姉ちゃんとおっても、あの人らゲルマン飲んでああやこうやと言うとる人らやから、むしゃくしゃするけど、集会場でヤトナの真似するのもアホみたいな話や」

キミコは集会場の中に入ろうとしなかった。いつか良太と浩二が射とめた猿の雌雄を操り人形のように持って交尾させていたのを思い出し、トシオが達男の前にキミコを連れて来たのも、二人を二体の人形のように操ろうとしての事だと鼻白んだ。

達男が、キミコと二体の人形のようになってみようと思ったのは血を止める為に鼻にちり紙をつめて昏《くら》い眼で達男の胸の中をのぞき込むように、一挙手一投足を注視している良太に、「アニ、俺が海でも山でも連れたるど」と言われての事だった。達男は良太に「おまえも俺を操りたいと思とるんじゃろ」と訊いた。良太は達男に言われ、嬉しげに笑い、「俺はアニの言うとおりにしてきたさか」と世迷い言のように答える。良太は達男の言うとおり、夜陰に乗じてトシオから達男が借りた漁船を出し、沖に来てエンジンを切る。

キミコは昼間の印象とまるで違った。暗闇の中で達男の胸に顔をうずめ、まるで海の底から上がって来た為、寒さに耐え切れないのだというように震え、糸のような声で話す。達男はキミコに、良太がそばに居るのを気にしなくてよいと言ったが、はっきりと良太を意識していた。灯を消しているので月明りしかない漁船の甲板で、暗い影の持つ昏い眼に操られるように、達男は子供の頃から好きでたまらなかったというキミコの話声を耳にしながらキミコを愛撫する。指がたどる乳房もわき腹もキミコの求めに応じているのでなく、昏い眼の操るがままだった。昏い眼にはっきりと見せる為にキミコを上に乗せ、自分は裸の背を甲板に当てて動き、昏い眼がじれたように船尾の方から脇に動くのを知って位置を変え、キミコを下に寝かせ足を高く上げさせ、昏い眼にはっきりと交合部がわかるように達男は中腰になって動く。波が漁船に当る音と達男の息の音、キミコの声の他に、微《かす》かに昏い眼の呻《うめ》き声のようなものを耳にしていた。そのうち鼻水をすすり嗚咽《おえつ》をこらえるような音がまじり、キミコが昂まりを見せ長く尾を引く声を出した時にこらえかねたように声を出した。

キミコが果てても達男は果てなかった。キミコは身をかたくしたまま動かないでくれと言うように達男の胸を力を込めて抱え、頬を寄せ、唇を押しつけ、達男が急に昏い眼の操りから解かれたように自分一人の為、動き続けると、待って欲しいとうわ言を言いながらかぶりを振る。達男は息をつめ、禁区の水底深く沈んでいくようにキミコの奥に入り続け、急激に襲ってくる苦痛とも快楽ともつかないものに畏怖《いふ》したように水底からのぼりはじめる。水面に顔を出した時のように、苦痛と快楽の頂点で達男は果てる。果てながら咳込むように痙攣《けいれん》し、その痙攣に煽られるように動き続ける。動き続ける間にキミコはまた急激に昂ぶり、達男の背につめを立て、声を上げた。

達男がキミコの体から身を起こした時、そばに立っていた影がいきなり海に飛び込んだ。

「良太、どした？」

達男は思わず声を上げた。影は返事をしなかった。しばらくして泳ぐ水音が立ち、一時ほど経って漁船の方に戻ってくる。漁船の脇につけたタイヤにつかまり、良太が荒い呼吸をするのを見て、「夜、泳いだりしたら危ないど」と達男は手を差しのべながら言った。良太は自力で漁船に上がり、達男の脇に立つなり、「俺はもうアニらとこんな事せん。損する」と、濡れた服を脱ぎながら言う。

「損する？　お前も姦ったらええんじゃろが」

「要らん。するんじゃったら別の時にする」

達男は良太の言い方を笑った。良太は、達男が良太に起こった事を見抜いているのを知って、誰でも良太ほどの齢なら自然に起こる事だと腹立ったように「笑うな」とどなり、「笑うんじゃったら猿撃ったみたいに猟銃で撃つど」と言う。キミコはのろのろと服をつけた。キミコにはあらかじめ、もしかすると達男の後で良太が姦るか、達男と良太が二人で姦るかもしれないと言ってあったので、濡れた服をぬぎしぼっている良太が裸なのに女のおまえが服を着るのかと達男が言うと、「何を言うとるの」とつぶやく。

「一緒になりたい、そばにいたいと思いつづけとる女を何で邪慳《じゃけん》にするんよ」キミコは言う。

キミコは髪をかきあげる。

「あんた好きやから子供の頃から言う事きいとった。今もうちがあんた好きやから自分の言うとおりになれ、と言う。その子と同じで、うちもあんた殺すよ。女でも鉄砲ぐらい撃てるんやから。そら、何人も男の人としとる。けど昔と違て、今は自分が選んで女一人生きていく為にしとるんやから。あんたがせえと命じる事だけ、せんよ。いややわ。あんたの前でその子として何が面白いん？　自分はきれいで、私が子供の時みたいに他所から来たインバイの女や、キタナイ、とはっきり知りたいん？」

「良太がしたいと言うんじゃったらさせたらええ。良太が俺と一緒に二人で女イかせてみたいと思うんじゃったら、面白い事じゃからさせたらええ」

「そんな」とキミコは絶句する。達ちゃん、と名前を呼び、「あんた、女ひとりじめにしようと思わんの？」とあきれ果てたという声を出して突然笑い出す。

「その子が言うみたいに、そのうち鉄砲で撃ったるよ。達ちゃん、いまでも綺麗やからね。光り輝いとるから。達ちゃん、うちの神様やから。その子もキラキラしとるけど、達ちゃんにかなわん。神様なんよ。穢れがないんよ。女は穢《きた》ないから。月のものあって穢れるし、男の人にいじくり廻されて穢れるし。男の人、きたなかったらすぐ具合悪なって病気になるし。さっき何遍もイたの知っとる？　汚ないうちの体の中で穢れ一つ知らん神さんが見つめてあえいで身すり寄せとると思て優しいにしとって、イてしもた。何回イたか分かる。さっきだけで十回ぐらいイッとる。ワーと分からんようになる。穢れとるから」

キミコは面白い言葉を思いついたというように笑い入り、「怖いんやから」と言う。

「誰もうちの怖さを知らんのよ。二木島でたった一人、自由になる女やと思て、夜も昼も寄ってたかってムチャクチャしようとするけど、うち怖いんやから。他の人に何もせえへん。せいぜいお金もらうくらいや。でも達ちゃんには違う。そのうち鉄砲で撃ったるし、取りついて二木島から神さんぶん取るみたいに駆け落ちでもしたる」

「神さんでも俺の事、二木島の連中ら疫病神じゃと思とる」

達男が言うと、水をしぼっただけの服を着直した良太は「アニの事、皆な怖ろしいんじゃ」とつぶやく。

「うち、好きやから、惚れきっとるから達ちゃんの言うとおりするよ」

キミコは甲板にくずれるように坐って、良太に「あんた、したいんやったらしてもかまん。二人でしてもかまん」と言い、こらえかねるように顔を手でおおって泣き声を殺し、「いっぺんでも独り占めさせて欲しい、俺だけの女やと言うて欲しい」と言う。

「良太、どうする?」達男が暗闇の中から訊いた。良太は達男に抗うように黙り、不意に上ずった声で「する。一人でする」と言い、キミコの方に足音をたてて歩く。

漁業権剝奪の決定が、山仕事に就いた達男に具体的な生活の不如意をもたらすはずがなかったが、その決定が村の総意として足枷《あしかせ》になったのか、目に見えて達男はおとなしくなり、集会場にも現われず、日和である限り山仕事に就いていた。一日の仕事が終り、山から戻ると達男はすぐに犬を連れ出して訓練に行く。相変らず達男のそばに良太が紀州犬よりも忠実げにくっついていたが、漁師の若衆と合流する気配もなかったので、二木島は元の静かな眠りの快楽に痴れているような村に見えた。村の駄菓子屋で営まれた法事があり、達男が数珠《じゅず》を片手に出席し、あまつさえ、木本から呼んだ寺の坊主を帰りの道がないから送っていったと分かって、達男はついに荒くれから改心し、父親のように信心をもしはじめたと喜んだのだった。

達男の噂がなくなると、二木島で目立つのはスナックに居ついたキミコ一人になり、キミコの噂が相ついだ。キイやんとモーテルに行ったし、漁師の若衆の一人とはスナックの便所で姦らせた、とこまかな事まで伝わり、そのうち漁協の理事の一人をだましているとひそひそ声で噂が広まる。その理事が或る日、新宮の病院に何者かに殴打されて入院していると分かり、噂は一気におおっぴらになった。おおっぴらになってみれば、二木島の女らも漁師も、理事とは二木島の海も山もすべて一人で所有しているような荒くれだった達男に漁業組合員罷免、漁業権剝奪の決定を申し渡しに行った理事だった事に思い到り、改心したはずの達男が噂の中心に浮上した。

噂は最初錯綜したが、いつの間にか二色の筋になった。一つは単純な復讐譚だった。二木島の王国に君臨する達男の首に鈴をかける不とどきな奴と狙いをつけ、新宮で顔を合わせたものだからと力まかせに殴りつけた。理事は後難を恐れて警察に願い出る事もせず、黙ってケガの治療をする為、新宮の病院に入院していた。

今一つはキミコがらみだった。それは最初から達男によって仕組まれていた。昔も今もワルの女はワルの男に魅かれるのが通説で、達男に惚れ切り言いなりになるキミコは色香と新宮の花街仕込みの手管で理事に近づき、理事をたらし込み、金を巻き上げはじめた。達男は金に不自由していなかったので、巻き上げた金はすべてキミコの物になる。キミコには悪い商売ではなかった。理事に抱かれるのは我慢ならなかったが、金は自分のものになるし、後でヒモの達男によくやったとほめてもらえ抱いて天国にいかせてもらえる。だまされたと分かり、理事が警察につき出すと騒ぎ出してヒモの達男の出番になる。処女のキミコを抱いて以来いままでキミコは達男の女だった。二木島で誰も知らない者はない。親もきょうだいも女房さえも承知の事実で、キミコを達男が嫁に出来なかったのは二人の家柄があまりに不釣合だったので、親きょうだい親族がどうか嫁にする事だけは勘弁してくれと頭を畳にこすりつけて頼んだからだ。達男は、誰が耳にしても明らかな嘘を並べ、俺の女を金で釣って邪《よこし》まな事をしたと殴りつける。

どの噂が本当なのか、殴打されて新宮の病院のベッドに横たわっている理事しか知らない事だが、二木島の女らも漁師らも、噂は単純なものより、二木島根つきの男のワルと流れ者の女のワルの筋の方が色が絡むだけに歌舞伎仕立てのようで面白いと言い、理事に抱かれて不満で一層ワルの男に酔い痴れるワルの女の昂りを話し、「ええやろねえ」と嘆息をつき、はしたないと笑い転げる。女らがワルの男とワルの女の寝屋の中を事細かく噂し、昨日も今日も似たりよったりの仕事の単調さをまぎらせていると、仕事から帰ったワルの男が犬を五匹連れて裏山へ運動させに行くのだと通りかかる。五匹の犬の脇に小ワルがつきそっている。女の一人が、ワルの男は怖いが小ワルならからかえるというように、「良太らキビダンゴで餌付けされとるみたいやね」と声を掛ける。良太はすぐに何を言われたのか分かったらしく、立ちどまり、「俺が言うても、こいつら喰いつくど」と気色ばむ。

「おとろしよ。紀州犬、シシ噛まんと人間噛むように仕込んどるの」

「魚臭いきたないババアら、人間じゃもんか」

良太の一言に女はむかっ腹立ち、黙り込む。女らは達男と良太が犬と共に裏山の方に消えてから、達男らがどのように殊勝な振る舞いをしようと、それは表の顔で裏では尋常な者には考えつかないような悪作が進行しているのだと言いあった。そもそも紀州犬の純血種ばかり集めて保存にも貢献しているのだと嘯《うそぶ》いて自分の家の裏に飼育舎と訓練所をつくり、何匹も飼い仔犬の頃から実物のイノシシをあてがい追わせている事が並みではなかった。達男の命令に絶対服従する、猟銃なしにイノシシを仕止める、と達男の自慢する紀州犬にはいままで誰も噛まれた者もいないし、随分前からの事で見馴れているので気づかなかったが、考えてみれば猟銃と同じような生きている凶器だった。達男がひと度命令すれば犬は獣の闘争心をむき出しにして二木島の者に襲いかかる。女らは達男がそんな想像をして紀州犬を飼い訓練しているのだと言い、湾を見下ろす位置にある達男の家の方から悪気が立ちあがり、山と海のはざまに出来た二木島の村をおおいつつんでしまいそうな気がする。

達男と良太は裏山をのぼり切って越えてから犬の鎖を解き、椎や椿の雑木の枝がのびて自然のトンネルのようになった道を伴走し、崖の端まで出る。崖の端に雑草だけが生えた空地があり、犬の飼育舎の床を掃除したり土がぬかるんだ時にそこを仮の訓練所に使っていた。犬らは良太よりも早く着き、雑木のトンネルを抜けてくる二人を待ち受けている。達男がやる訓練は良太にも出来た。走れ。止まれ。追え。さらに獲物を見つけた時、襲え、放せ。達男が独自に考えたもので、時とすると犬は良太の命令をチグハグに受け取り混乱し、達男の指示をあおぐように見て、良太を怒らせる。

「俺の子供らの方が、ちゃんと命令わからせとるど」

達男は犬を蹴りつけようとする良太をたしなめる。良太は犬が達男の声を聴き、悪いのは自分ではなく良太だと安堵したように一瞬、緊張をゆるめるのを見て、今、犬に命令を発し君臨しているのは良太だと分からせようとするように、「このボンクラ」と足で蹴る動作をする。達男がいなければ良太は蹴りつけてやっていた。一度、達男が、良太が訓練している最中の犬に、直接、イノシシを襲うように襲えと命令した。命令に柔順だった犬らは一斉に反逆し良太に跳びかかり、服に牙を当てて振り廻し、横だおしにした。達男が仔犬を抱いて草むらの上でじゃれている時に良太は犬らに襲えと命令した。犬らは達男のそばまで走り寄り躊躇したように立ち止まり、尻尾を振りはじめた。達男が「来い」と呼んで初めて、達男が実のところ人間ではなく、自分の仲間の一種だというように飛びつき、戯れる。犬らは良太と達男を明確に分けていた。

日が達男の家の方に沈み、二木島のどこにも光があたっている場所はないのに、空があかねに変り、紫色に湾の水が変色する頃になって達男と良太は犬を連れて駆けて戻る。犬らは達男が駆けると獣道ではなく自然の木の枝のトンネルの道を二人の先に立って駆け出す。良太は達男の後に従いて走りながら、何をしても一つ二つ自分よりうわ手の達男が、目の前に現われた大きく獰猛《どうもう》な獣のような気がするのだった。犬らは知っているので決して近づかなかったが、山に従いた道の方々に、足を踏み入れれば足がくだけ、手を入れれば腕が折れるワナを幾つも仕掛けていた。猿を獲る為に仕掛けたというのは自分をなだめる為の口実だった。達男一人しか狙いはなかった。海に出る事を禁じられ、もっぱら山でキミコと逢引きする達男は、良太が幾つものワナを仕掛けているのを知っているし、どういう気持ちで仕掛けたのかも知っている。

達男が前の夜にキミコと逢引きした朝、山仕事に行く前にワナを調べてみた事があった。良太の挑戦を翻弄するようにワナのことごとくに棒切れが突っ込まれ、破かれていた。その日、一日、良太は機嫌が悪かった。良太の不機嫌の理由を察し、なだめ、遊び仲間を引きとめようとするように、「昔は山の中でどんな悪作も出来たんじゃ」と言い出す。今でこそどんな山奥にもトラックの入る林道がつき、切り出した木は、谷から谷へ張ったヤエンで吊り上げて運び出せるが、昔は道もなければトラックもないので、山仕事は困難を極め、それだから一層、里で喰いつめた半端者や荒くれ者が集まった。人一人ぐらい難なく殺せるような方法で山から材木を出すのだ、と達男は、木の枝を折って材木の模型をつくり、山の草を山の斜面に見たて言う。修羅《しゅらだ》出しという、山の斜面に板を打ちつけ油を流し、下から上に次々切りながらふもとに材木を滑り落とす方法。

「このふもとの方にも人夫がおるじゃろ。中腹の方にも滑り落ちそこねた丸太流す為に人夫おる。こっちの上の方にも、もちろん人夫おる。中腹の方で丸太流し直しとるのは、俺みたいな無鉄砲者じゃ。それで良太が上におる。昨夜、良太の金をバクチで巻き上げた。良太がクソ、あの達男の奴、と腹にもっとる。それで俺がここで働いとる時に、良太がアニ、丸太流すど、と声かけんと流したらどうなる。俺は流れて来た丸太にはねとばされて一発じゃ」

達男は良太の顔を見てニヤリと笑い、こんな事があった、と達男の祖父の代の二木島の荒くれ者が、同じ二木島の荒くれ者と女の事で争い刺し殺した、と言い出す。刺し殺された方の荒くれ者の兄弟が復讐すると息巻き、他所の土地のヤクザに頼っていった。その事を警察から知らされた祖父は放っておいては二木島に波風が立つと知って、兄弟に談判し、山でなら事故死はしょっちゅう起こるし、事故死なら充分残った親兄弟に手当ても出来るとして時を待たせ、そのうち荒くれ者を大がかりな切り出しの時に組に入れた。組に入れてもそうそう事故が起きる機会は来ない。周りはいつ機会が来るか、待ちのぞんでいた。一カ月の仕事のうちの一瞬だった。荒くれ者は上から滑り落ちてくる材木に気づいて板の上を走って逃げたが、そういう事もあろうと油をたっぷり流し込まれていた板は滑り、次々雨のように滑り流れてくる丸太を受けてふもとに転がり落ち即死した。

「面白いじゃろ」達男は昏い眼で自分を見つめる良太を見る。良太は達男に反撃を試みるように「その荒くれ者、アニの事かい？」と訊く。「おうよ。そうじゃだ」すかさず受けるというように相槌をうち、達男はもっと面白い事を言ってやるというように、「俺は誰も殺してないけど、人の女じゃとか、母親盗んでうらまれとるわだ。順造じゃてそうじゃ、この間、チェーンソー使うんで白蠟病《はくろう》になりはじめたと言うて、俺の家で、人夫やめて店でもやりたいと泣き言しゃべっとったが、俺がおる限り、山手放さんし資金が出来んのじゃから。皆な殺したいと思とるじゃろよ」

働きながら達男の言葉を反芻《はんすう》し、達男が言う人の母親とは自分の母親の事だと良太は思い到ったが、腹立ちはしなかった。むしろ母親が達男と出来ているかもしれないという気持ちがあった方が、ただ綺麗だが眠ったような退屈な二木島で面白い事もしているのだと思い始める。安堵する。もっと面白いのは達男を猿のように狩る事だ。良太は心の中でつぶやく。両親や六人の姉からかしずかれ溺愛され、女房や子供に囲まれ、女にまといつかれる男。全身が鋼《はがね》のような筋肉におおわれ、海にいても山にいても傍若無人の振る舞いをし、人を怖れさす男。いつか猿のように狩ってやる。良太は熱い息を吐く。

山仕事の帰り、普段はすぐに装束を取りかえに家に帰るが、達男の言葉が頭に残りそのまま母親の顔を見たくなくて、喉が渇いたと言い訳し、駄菓子屋の自動販売機でジュースを買いかかると、達男の女房と子供二人が中から出て来る。「今、帰ったん?」と達男の女房は優しく良太に問いかける。良太は後めたい気になる。

「もうお父は家へ帰ったど。山で仕掛けたコブチにかかった鳥、三羽もっとる」

達男の子供二人は「ほんと」と口ぐちに言い目を輝かせるが、女房は「また山でそんな事して」と言う。良太は女房の言葉で、達男がする事のすべての陰に良太がいる、良太と遊びたい為に子供じみた悪作をすると暗になじられたように感じ、「山で働いとったら喫茶店もないし、自動販売機もないさか、つい、こんなん面白なる」と言わなくてもよい弁解をし、話を変えるように「ジュース買うたろか?」と二人の子供に訊く。子供はうなずく。ジュースを二本次々と取り出して渡すと、「幽霊、出た」と上の子供が言う。「幽霊?」良太が訊き返すと「うん幽霊」とコクリとうなずく。「何ない? 何の幽霊ない?」「知らん」と子供は答え、「後で犬のとこへ行く?」と訊く。良太は行かないと答えた。ふと幽霊とは昨夜の達男とキミコの逢引き姿を言っているのだろうか、と良太は思い巡らし、「今日は幽霊さがし廻って幽霊つかまえるのにワナつくろ」と言い、ジュースをもう一本買って歩きはじめる。良太の背の方で子供らが幽霊、幽霊と口ぐちに言いながら家の方に走り出す。幽霊と良太もつぶやき、夕暮の前兆の青く光る空を見あげる。「なんなん?」漁協の前を通ると女らが怪訝《けげん》な顔で良太を見、声をかける。

良太はいつも達男のそばに居る事をからかわれ、それならおまえらは魚臭いきたないババアだとやり返したのを思い出し、日がな一日漁協にへばりついて働き、人の噂だけを生きがいにしている女らは幽霊だ、と言葉が出かかり、「ユーホーがさっき空飛んどった」と話をつくる。「ユーホーて何？」一人が訊くと、もう一人が突拍子もなしに「テレビで神武天皇も本当はユーホーで来たと言うとった。空飛ぶ円盤らしいわ」と真顔で言い出し、話が混線したのか、「空から来た言うて、二木島のどこへ降りたんやろ？」と訊く。

「あそこ。あのアニの家の建っとるとこ」

良太は思いつきを言う。

「アニはこのままじゃったら寄ってたかって殺されるさか、ユーホーで地球脱出するて」

良太の思いつきを聴いて女は一斉に吹き出した。

「何が地球やて。売る物売って登記証一切持ってあの女と駆け落ちしようと言うんやろ。やりたい事やって、したいようにして、ちょっとキュウすえたら暴れて。ワルがワルと手組んで駆け落ちや」

「皆な漁師ら噂しとるよ。警戒せぇよ。あれら出てゆく前に、また何どする。イケスに重油まくような事する」

「幽霊じゃ、幽霊」

良太は腹立って言った。

「皆な二木島の奴ら幽霊」

達男に破られた猿獲り用のワナを仕掛け終り、良太は達男が顔を出していないかとスナックの中をのぞいた。奥のテーブルに坐っていたキミコとキミコの姉が立ちあがり、老婆が一人坐ったまま良太を見る。老婆は達男の母親だった。キミコは涙ぐみ、鼻水をかみ、良太に「ごめんしてな。今日は店、遅うから開くねん。まだオバさんの話、聴かんならんからまたにして」と言い、押しかえしにかかる。達男の母親は「ええんよ。もう帰るから」と立ちあがり、テーブルの上に千円札を置いた。

「お金、要らんのに。水しか飲んでないのに」

姉のミサコが千円札を押し返そうとする。

「水じゃてこんなとこで飲んだらタダじゃあるまい。はっきり姐さんらから聴いたから、水に千円出そうと二千円出そうと安いもんじゃわ。神仏に祈って出来た子じゃさか、悪作の非難は甘んじて受けるが落ちていくの見るのたまらん」

達男の母親は押し返した千円札を見向きもせず良太に「若い衆らで飲んだてくれよ。遊んだてくれよ」と言い、何事があったのか茫然としている良太の脇を通って外に出る。達男の母親が外に出た途端、キミコは良太の胸に顔をうずめ泣きじゃくる。達男の母親は、達男がこのごろとみに悪くなったのはキミコが二木島にもどり何事かを吹き込んだせいだ、と言い母親に何の相談もなく土地や山の登記証を持ち出した、と伝え、達男と駆け落ちしようというのは本当かと問いただしに来た。キミコは心外だと答えた。確かに子供の頃から男女の関係になり、キミコが新宮に移ってからも、二木島に戻ってからも関係は続いているが、キミコは自分が達男にふさわしい女だとは思った事なぞ一度もない。達男につりあいの取れる女なぞどこにもいない。キミコは達男の遊びの相手で充分だ、と答えた。達男の母親はそれなら妾《めかけ》か？　と訊いた。妾でもない。ただの遊び相手だ。キミコは苦しさに泣き崩れたのだった。恥を承知で言うが、子供の頃、達男の命令で二木島の男ら相手に売春婦まがいの事をさせられ、今度二木島に来て、昔苦しかった事を達男に復讐するように進んで男らに体を売り、達男の反応を待った。達男はすぐにスナックに来た。達男は何一つ疵《きず》ついていなかった。その疵つかない達男にのめり、達男を待ちのぞみ、気に入られようとしてまた言いなりになる。達男の前で他の男に犯され達男を疵つけようとして声をあげる。達男は疵つかない。達男の母親は達男は女を嫌いなのか？　と訊いた。キミコは、生身の女を憎んでいるのだと言った。わたしを憎んどるんよ。山とか海ばかりで暮らしてきたから山や海の神のように透明で浄らかなものしか本当の女と思わない。母親は大きくうなずいた。神仏に祈願して出来た子だから当然の事だと言った。

「なあ、達ちゃんが本当の生身の女、憎んどると思う？　うち、オバさんにそう言うたけど、逆やと思う。生身の女、軽蔑してない。むしろ尊敬しとる。うちがいろんな男としてもヤキモチ焼かんとむしろ喜んどるみたいに見えるのは、あの男、女を神さんと同じやと思うとる。山の神さんも海の神さんも何人でも男の願いを聴くし、喜ぶ。女も山の神さんや海の神さんみたいになれたらええけど」

キミコはそう言ってから、真剣に話を聴く良太が面白いと笑い、「何でうちがおめおめと引き下がる。あんなええ男を手放すもんか」とさっきまでぐずぐず泣いていたのを忘れたように言い、「さあドンチャン騒ぎするよ。うちも山の神さんみたいになるから」とカウンターからウィスキーのボトルを取る。

「二木島なんど引っくり返ったらええんや。達ちゃんが二木島の味方やったら、うちから、達ちゃんと勝負したる」

姉のミサコがあきれ返ったように「これやから、うちら育ちが悪いと言われるんよ」とつぶやく。

「何が神武上陸の地や、ここだけと違う。神武さん、方々に上陸しとる。金かせいで本当にあの男くどいて、ひっさらって逃げたるわ。気色の悪い女ばっかしで。石の粉飲んで水飲んでオガミ屋にオガんでもろて元気のええ者の悪口を言うとる。気持ち悪いよ。天気のええ昼間若い衆らも達ちゃんもおらんさか、二木島、血の気の抜けたオバンと子供ばっかし。夜になってこのスナックに灯いついてやっと元気が出る」

そのキミコから良太は達男の子供が言っていた幽霊の話を聴いた。幽霊は未明、達男の下の子が通う幼稚園の狭いグラウンドに現われ、ブランコをしばらくこいで遊び、近所の家の内儀《おかみ》が何人ものぞいているうちに消えた。日がのぼり、園児が来てから内儀らは幼稚園の園長に、不吉な事でなければよいが、と報告し、それで狭い二木島の事だからあっという間に広まった。キミコは漁協の前に停った雑貨屋の小型トラックにパンを買いに行って漁協の女の一人から直接に「いつ新宮に戻るん?」と訊かれたので、「もうそろそろ」と答え、何でそんな事を訊かれなくてはならないのだと腹が立ち「今度は昔と違って一人で二木島出て行かんと、彼氏連れて行こうと思うん」と言ってやったのだった。

「あの達男かん?」

「まあ、二木島でうちが狙うのは達ちゃんしかおらんやろうねェ。男前やし、財産あるし、面白いし」

女はキミコの言葉を鼻で吹き、「ワルとワルが手組んで駆け落ちや」とつぶやき、そこまで言うなら訊くが漁協の理事から合計幾ら巻き上げたのだ? 理事が何者かに殴打され新宮の病院に入院している事件は達男が犯したのか? と言った。何を言っとるのとキミコは答え、噂を混乱さすように、うち、若い人と自由恋愛しかしてないから、そんなん知らんと言い、理事は新宮でフィリピンの娘を買ってヒモに狙われたのと違う? と言った。うちが持っとった新宮のスナックにもフィリピンの娘おいとったよ。理事はようフィリピンの娘と外にスシを食べに行くと連れ出しとったから、ヒモに狙われたんと違う。二木島の人、新宮で遊んでも二木島には分からんと思て、よう破目はずすから。漁協の使い込みをやったヤスエさん、よう若い男と新宮で飲み歩いとったよ。キミコはそう言って「今も何人か女の人、新宮へ遊びに来るんと違う」とでたらめを言った。女は驚き入ったという顔をした。

良太は話しつづけるキミコに思い切って訊いた。

「理事から幾ら取ったんな?」

キミコは指を三つ出し、「たったこれだけ」と声をひそめる。良太は苦笑する。

「嘘をつけ、新宮の奴、おまえが百万は取っとると言っとったど」

キミコは話の中の女の表情を自分が演じるように驚き入ったという顔で良太を見る。

「あんた、やったん?」

良太は驚き入って訊くキミコの問に答えず、「嘘つき」とつぶやく。

「あんた、あんなひどい事したん?」

良太は周囲を見廻し、「違う」と言う。「俺は何人も秘密握っとる。お前の秘密も握っとる。その秘密握っとる奴を脅して、あいつをやらせたんじゃ。秘密バラしたら、そいつカンカイン送りじゃさか。お前が差しむけたチンピラじゃとあいつに向って言わせてな。あいつ、百万だまし取られたと言うた。それで仕方なしに、ワレ、アニに海に入るなとエラそうに言うて、アニの女にちょっかい出してと俺が顔出して脅してチンピラらに殴らせた。あいつは俺の顔知っとる。おまえと達男アニが俺を使てやったと今も思とる」キミコは「ひどい」と良太を見る。

「俺はおまえの秘密も握っとる。おまえがイケスに重油まいたんじゃ。俺は見とったんじゃ。舟、こぐとこから重油ぶちまけるとこまで」

「嘘ッ」とキミコは良太を真顔で見つめる。

「嘘でもかまん。俺が皆なにしゃべると、おまえはリンチじゃ。口から重油流し込まれて、アニに姦らせたオメコの穴にビールビンでも突っ込まれて簀巻《すまき》にして沖に放り込まれる」

良太はそう言って、もしリンチを受けたくなかったら今からでも明日の朝にでも二木島を出ろ、とキミコを脅した。真実がどうであれ二木島の者は、キミコがやったのを目撃した、と申し出た良太の話を真に受ける。良太の脅しを受けて、キミコは「なんで？」と訝《いぶか》って訊いた。理由は複雑すぎて良太には言葉に出せなかったが、ただ二木島にキミコがこれ以上居ると、せっかく獲ろうと追い込んで来た獲物が逃げてしまう気がする。キミコに達男を横取りされる気がする。

その良太の脅しが効いたのか、それともこのあたりが潮時と自分で判断しての事か、朝の十時、漁協の仕事が一区切りついて広場に一等人が集まっている時間、キミコは二木島に舟でやって来た時と同じ衣裳でホームに立った。それだけでも充分、人の目を集めるのにホームから漁協にいた若衆に声を掛け、日傘を振り、どこへ行くのだと訊く若衆に、新宮へ行ってくる、また呼んでくれたら戻る、と漁協の女らに聴こえよがしに言い、「今度、駆け落ちしような」と言う。汽車が新宮の方に向って走り出してから、女らは「池田のオバさんにしっかり言われたから」とキミコが二木島を出てゆかざるを得なくなった理由を穿鑿する。

「ぐっすり手切れ金でも奪ったんと違う。転んでもタダで起きる女らと違うから」

「池田のオバさん、しっかりしとるから、あの女から逆に取ったかも分からんよ。いつもそうやないの。悪作してどうしてくれると乗り込んでいっても、悪いのは相手で、達男の方は神仏に願かけて分けてもろた子やから、悪い事はひとつもないと突っぱる」

「キミコもあのオバさんにはかなわんやろ」

「違う、違う。後で舌、出しとるんよ。いまでもそうやないの。ちょっとほとぼりをさまして、二木島に甘い話がありそうな時、舞い戻ってこよと思とるから、あんな事、駅から言うんや」

女らはひとしきりキミコの話に興じ、ふとワルの片割れが居なくなった安堵と一抹の物足りなさを感じ、すぐもう一人のワルの話になる。女らは、キミコが二木島から消えた事を達男がどう思うか、と考え、おそらくキミコと達男は新宮ですぐに会う、ひょっとするとキミコが二木島から出るのは達男の差し金だろうと結論した。池田の家の財産はすべて達男の物だと親きょうだい認めているところだが、突然母親に相談もなく、ましてや姉らや姉婿の順造らに一切の予告もなく登記証や証書の類を持ち出した達男は、キミコを先に新宮に行かせて待たせておいて時間をかせぎ、一切を処分し、金を持って二木島から出る。その一切のうちに漁協の建物のある土地も入っていた。女らは達男が一切を売りに行くのは以前から噂のある原発か海中公園を計画する会社に違いないと思った。

キミコが居なくなった日も次の日も、達男の様子に変ったところはなかった。達男は犬を連れて良太と共に裏山に犬の訓練に行き、日暮れてから家に戻る。日暮れてから一度だけ達男は漁協前の広場に現われ、たまたま一人小魚の一夜干しをつくる為、漁協の網小屋脇にいた女に、イカとか魚の屑はないかと訊いた。女はそれがキミコとの駆け落ちにどう絡むのか不審に思い「何するん?」と訊ねると、

「アニ、そんなババにもらうな。俺がどっさり取っといた」とトシオが良太を連れてやって来て憎まれ口をたたき、「ほれ」と発砲スチロールの箱を開ける。箱を開けた途端、魚の腐臭がわき起こる。

「アニがもうそろそろズガニの季節じゃね、と言うたんで、二日も前から魚切ってここに入れといた。よう腐っとる」

トシオは得意気に言い、ふと女を見て「姐さん、手ェつっ込んでかきまでてくれんかい?」と猫撫で声で言う。

「いらんよー」

女はトシオにからかわれ、へきえきして言う。

「その箱、鯛やヒラマサ、入れる物じゃのに」

女が言うと、トシオは「それが何が悪いんじゃよ」と脅すように声を荒げた。達男に言われて良太は箱の蓋をし、漁協の広場の駐車場に停めた達男のライトバンに運び、積み込んだ。

「ズガニ、獲りに行くん?」女が訊くと、良太がトシオを真似るように「おお、ズガニじゃ」と言い「魚、海にばっかしあるんでない。川にもどっさりある」と海から締め出された達男に

犬がこびるように顔を見る。達男が運転し、トシオが助手席に乗り、良太が後の席に坐った。車はすぐトンネルの方に向った。車のつけたヘッドライトが見えなくなると急に二木島が闇に落ち込んだように暗くなり、女は早々に荷物を片づけて家へ向いながら、二人は他の土地の川にわが物顔で入って十も二十もズガニの網を仕掛けるのだろうと思い、二木島で締め出されるとワルらはすぐに別の遊びを考えると思ったのだった。トシオは一回切りだったが、達男と良太は何回も夕方になるとズガニの網を仕掛けに行った。女らは二人を見て、「獲れたかよ」と訊くが二人はその都度、「まだ早いさか、小さい」と答え、方々の川に合計にすれば五十ほど仕掛けているのにまともに食えるような大きさのズガニ一匹だにかかっていないと言うのだった。

その日、女らは漁協の前の広場に山林業者差し迎えのワゴン車がいつまでも停っているのに気づいた。ワゴン車を運転する男が「しょうがないなァ、ちょっと呼びに行ってくれ」と順造とタケに言いつける。順造とタケは二方向に歩き出し、すぐ戻って来て、「あれら昨夜出て行ったきり戻ってないんやと」と運転手に伝える。忙しい時期に、と、苦り切った運転手に順造は山仕事のグループの長としてひたすら謝った。

「達男にも良太にも言ってきかすさか」

ワゴン車が居なくなった達男と良太を影のまま二木島に残すように、居あわせた人夫だけ乗せて発車した後、ズガニ獲りに行った二人が川でおぼれたのか、ついに達男の駆け落ちの時が来たのかと、女や漁師らの話がわいた。

日が完全に残り、海が輝き、青い光が眩しく撥ねる頃、二木島までの狭い道のどこをどう通って来たのかバスの二倍ほどの長さの大型トラックが、漁協の前に停った。トラックの腹に吉野製材とあった。漁師の若衆がそんなところにトラックを停めては仕事の邪魔だと文句を言ったが、聴かず、運転手は広場の中で方向転換させ、頭部から外に出るようにして停め直した。ドアを開け、助手席に坐っているのが達男と良太だと気がついて、誰もが声を呑み、どうりで若衆の怒鳴り声にも耳を貸さなかったはずだと得心した。得心してみて達男が何をするのか二木島の者らは固唾を呑み、見守った。漁協の広場に停った大型トラックの後を追って二トントラックが二台、人夫を乗せたマイクロバスが一台次々到着するのを見て、達男が裏山の杉材を斬り出し始めたのだと分かった。順造が後になって女の一人に洩らしたが、達男は母親にも一切説明もないまま、自分の所有物を処分するのに誰に気兼ねが要るか、という態度で、祖父の代に手に入れ整備した美材に次々に斧を入れ、材木にしてヤエンで二木島の漁協前の広場にしつらえた集積場所に引いて、トラックで運び出した。

約一カ月かかって二山の杉材を斬り出したが、その間達男は、二木島の家に戻る事もせず、斬り出しの現場に架けた山小屋に泊り切りになった。順造はよく女らに達男の義理の兄としての苦労をこぼした。良太は一日休んだだけで山仕事に戻ったが達男は斬り出し現場に居たいと言って一カ月半戻らない。現場に居たいと言うのなら、二木島の人夫らが雇われる山林業者に売り、達男や順造の手で斬り出せばよいのに、遠方の吉野の業者にまかせている。雇用主の山林業者からも番頭からも、ことある毎に「もともと池田の若旦那の道楽でうちに働きに来とったさか」とあてこすりを言われ、そのうち、「億という金になるのかいのう。順造さんも二千万、三千万、分配あるんかいのう」と訊かれる。順造は女らに向って、池田の家の難しさを言った。普通の家なら七人のきょうだいなら七人で分けるが、達男を溺愛した父親が遺言を書き、さらに母親も六人の姉らも、達男が世界の中心だというように思い込み、信じているので、腹の中で金を分配して欲しいと思っていても切り出せる雰囲気ではなく、ただ達男からの当てがいぶちを待つしかない。達男は山を斬り出し始めても当然のように何も言わなかった。達男に一等近いはずの母親からも順造らに何の説明もなかった。山仕事に泊り切りになり、人夫らと共に働きもせずただ現場にいて音を聴き木の倒れるのを見ている達男は、順造には謎だった。

その達男が、裏山二つの斬り出しが終った直後に母親ときょうだいだけの親族会議を開き、一方的に、山を二つ処分して金が出来たが、来年の二月になると自分が厄歳になる事、それが祖父の三十三回忌の年に重なる事の二点をあげ、盛大にやるつもりだから金は一部だけを分配すると申し渡した。順造の女房は家に帰ると、不満をもらすが、達男の家で、曾祖父、祖父、父と三つの写真を額に入れて飾った奥の間で、床の間を背にした達男に向い合い、母親や姉妹と並んで話を聴かされると、不満どころか、大きな得をした気になると言うのだった。確かに順造にも女房の経験はよく分かった。二木島でも山の中でも達男の振る舞いは乱暴きわまりなく傍若無人、神仏を畏れぬ振る舞いに見え、その達男の住む家となると悪気に満ち凶事を二木島に送り出す不浄の城のように見えるが、池田の家に入ると、祖父が建て信心深かった父親が改修して今に到っているせいか、達男の荒さも乱暴さも人の世の叡智《えいち》が一点に集まるとこのようになる、欲得で固まった醜い世の中を渡ってゆくにはこのくらいの元気がいる、と思いはじめ、神仏の愛情や慈悲を受けた者に、二木島の者らは道をあけるどころか冷淡すぎると感じる。池田の家で見る限り、達男は信心深かった。朝と夕方、必ず窓を開けて、自然に出来た神棚のような下の鳥居に柏手《かしわで》を打つし、夕方、仏壇に手を合わせる。仏壇には達男の父親が信じ抜いた弥勒菩薩の絵がある。しかし達男の親族会議での申し渡しが納得しかねた。

「二山切って、一億くらい入ったと皆な言うんじゃ。五百万ずつ分配しても三千万。あと七千万ある。いくら盛大に厄払いと法事を続けてやってもそんなにかかるもんではあるまい」

「盛大にやりたいんやから。方々から神主さんやお坊さん呼んで、昔、お父がやってたように盛大にやる。お母もやりたいんやから」

順造の女房は、達男の決定に間違いがあろうはずがないというように解説する。順造は漁協の女の一人に、達男の母親も姉らも、達男が二木島の者らからどんな噂を立てられても、何一つ信じないのだ、と言う。女らは順造の話から、姉妹に分配した残りの材木の金を、達男はキミコとの駆け落ち用に使うはずなのだと言った。他所の土地で遊べるだけ遊んで使い果たして、よい厄払いをした、と戻ってくるつもりなのだ。

そう噂している間に達男から二木島の自治会に突拍子もない申し入れがあった。祖父の法事と自分の厄払いをやる金をそっくり寄付したい。材木を売った金で盛大に法事と厄払いをやると誰もが知っていたので膨大な金を寄付するという達男の真意をはかりかね、すぐに村の役員らは達男の家へ出向いた。達男は山仕事から今戻って来たばかりだ、という姿で、達男の母親は正月に着る家紋もついた着物姿で、村の役員らを迎えた。達男は夫婦の使うテレビの置いてある部屋の応接間に通そうとしたが、母親は先に立って、奥の間に行き、無言のままこの部屋で父親は客を迎えたのだというように床の間の脇に正座し、達男に坐れというように見る。達男は渋々と母親と並んで床の間を背にして坐り、母親が役員らに頭を下げ、足労かけて来てもらったのは、この度、達男の決断で法事と厄払いを取り止める事にして、その費用を二木島に寄付する事にした、と挨拶するのを苦笑しながら見ていた。母親の固苦しい挨拶とは逆に、「これじゃけどの」と無造作に額面四千万の小切手を畳の上に置く。

「二木島の土地から吸い上げたもんじゃさか、二木島の皆なに使おともらお思て」

達男はそれ以上、言わなかった。すぐに犬の訓練をしなくてはならないからと外に出たので、役員らは小切手を前にして狐につままれたような気で、そのまま引き下がるのも大人げないと思い、昔、飛ぶ鳥も落とす勢いだった達男の祖父の話を母親からききだして時間をかせいだ。

その達男の突然の寄付は額が大きかっただけに二木島の方々を揺さぶるだけの効果はあった。あの達男が、と皆なが皆な、言いながら、どう受け取めようかと思案した。まず自治会と漁協の役員が重なる事から禁区で魚を突いて騒いだからと言って、漁業組合員罷免、漁業権剝奪という身にした達男をどうするかという話になった。自治会に四千万円も寄付した者を村八分にしたままでは筋道が立たないから、すぐ達男の権利の回復を計った方がよいという単純な意見から、もうすこし、ほとぼりをさまそう、という意見、さらに、誰しもが疑ったとおり、ひょっとするとイケスに重油をまいた犯人はやはり達男で、四千万という金はその弁償のつもりだから、だまされてはいけない、というようがった意見まで出る。或る者は、二木島を地盤として市会議員に立候補を狙っている、と疑い、その可能性をさぐろうと方々で訊いて廻ったのだった。あの達男がァと皆なが皆な一笑に付し、「わしの一票に、そんだけくれんやったらあのワルにでも票入れるけど、わしにでなしに、自治会に寄付したくらいでェ」と笑い転げた。

女らは四千万円の寄付をさっそく読み込んで駆け落ちの筋をつくり変えた。達男は気丈夫な母親に問い詰められ、ついにその四千万円でキミコと駆け落ちしようとしていた企てを告白したのだった。母親を棄て、きょうだいを棄て、女房子供を棄て、池田の家を棄てるそのたくらみに母親は激怒し、それならその四千万をドブに棄てるつもりで自治会に寄付しろと詰めよった。女らは自分らの作り上げた駆け落ちの計画とその失敗の筋が当っているのかどうか自信はなかったが、キミコが二木島から姿を消してから、さらに裏山の材木を突然売り払ってから一層、達男の大きな姿形にかげりがついているのを気づいていた。しかし荒くれ男のかげりは悪いものではない。達男がやっと旬になって大漁だったとズガニの入ったカゴを漁協の水道で洗うのを運び出しかかり、カゴの中にへばりついた魚のアラが服についたと脱いで見せる時の、一瞬の輝きと、駆け落ちも出来ず娯楽の少ない二木島で、こんな素朴な遊びしか出来ないのか、というバツ悪げな表情は、女らの眼には悪くない。諸肌を脱ぎ、山仕事用のズボン一つで、ズガニを取り出し、「カニ、欲し者、取りに来いよ」と女らに声を掛ける達男は、以前のように手の届かない距離にある荒くれ一途でないだけ、女らの耳目を引きつける。

達男は、キミコが二木島から居なくなって裏山の木を斬り出してから、何一つ表立って変った事がないのに、何かが達男の中で大きく変ったように感じていた。丁度、山の気流のようなものだった。達男は誰よりも気流の変化を早く察知する。風が幾つもの層をつくってまちまちに吹きはじめ、次第に強く山の木々が梢を揺らし、達男は見ていると風が吹いて木の梢が揺れるのではなく、梢が揺れて風を起こし、達男が味わっている妙な空洞感のようなものを慰藉《いしゃ》してくれる気がする。達男はそれが山仕事の人夫らの信じる山の神の最初の息だと信じていた。息の暖かさの度合で雨になるのか、それともただの気まぐれな慰藉なのか分かった。達男はなお梢が揺れる姿を見つづけた。木全体がぼうっとかすんだように白くなり、下の方からほのあかるいものが放射し、それが梢の立てる風に乗って達男の方に流れてくる。達男の耳に雨粒が草に落ちる音が立つのがわかった。白くほのあかるい霧のようなものがますます強く流れて来、雨が渦巻き状に達男の周りに降りはじめた。良太が丁度、雨の渦巻き状に落ちる下を選ぶように走って来て、「雨、降って来たさか、ズガニ、上げ切らんど。早よ、帰らなドシャブリになる」と言う。達男は「大丈夫じゃ」と答え、良太に雨は混雨《マゼ》が吹いているから起きるので心配は要らないと教え、川の方へ道を降りてゆく。達男は雨に濡れなかった。良太は達男の後を従いて歩きながら、達男の周りに雨が降らないのを見て、達男が一カ月半、裏山に架けた山仕事の中で寝泊りして耳にしたという二木島の山の不思議な悲鳴は本当なのだ、と思った。良太には、前を歩いていく達男が前にも増して凶暴になり、人間でない者になったような気がして畏ろしかった。達男は良太がやった事のすべてを見抜いていた。重油をまいた事も漁協の理事を新宮の放火犯の少年を使って脅し殴らせた事も、キミコへの脅迫も知っていた。良太が人の秘密を握れるのなら輪をかけてワルの達男はもっと握れるはずだった。しかし達男は何も言わなかった。何も言わないまま、金を四千万、二木島の自治会に寄付した。雨で濡れそぼって歩く良太を振り返り、「すぐに止むじゃろから」と達男は言う。達男は川の深みが見おろせる岩場を飛び渡り、しばらくのぞき込み、仕掛けたズガニの網のひもをたぐり始めた。

「おお、かかっとる、かかっとる」達男は言う。

「どっさりかかっとる?」良太は子供じみた訊き方をした。達男は網を引き上げ、川海老、ハゼに混って中でうごめくズガニの数を七つまで数えてから、川面を見て、「ほれ、見てみよ。雨などどこにも降っとらせん」と、雨に濡れている方が不思議な事のように言うのだった。良太は達男に秘密を暴かれ脅かされたようにおびえ、「ほんとじゃ」とまた子供のように答えた。良太と達男は次々網を上げ、網に入った海老や川魚の類を川に戻し、ズガニを一カ所に集めてから、また網を川に戻した。ズガニの群れる網を一つ持って川からまた山の斜面をのぼり始めると、後から達男が「音、耳にせんかい?」と訊く。「いろいろ、音がまじっとるじゃろ。その中に、木の立てる不思議な音も混っとる」良太は歩きながら、「アニ、気持ち悪い事、言うな」と言う。良太は達男が、二木島の裏山の木を斬り出す間、耳にし続けた物の軋《きし》む時に立つような音を思い出し、鳥肌立ち、達男の言うように山は霊気に満ちていると思うのだった。

達男は裏山の木の切り出しで山小屋に居つづけてから、一層その霊気を感じるようになった。木と草の間に出来た道を歩いていて、達男はひょいと手をのばし木の梢に触り、時には葉をちぎる。達男の行動に大きな理由があるわけではなかった。ただその木の梢が他と少し色が違ったり丈が違ったりしただけの事だった。しかし達男はそれをほとんど自覚しないまま見るとはなしに見て、違いを発見し、無意識のうちに手をのばしてそれに触れる。良太がどうして今、手で木の梢に触ったのだと訊きただしたとしても、達男は答えられない。それほど小さな意味。達男はキミコが二木島から居なくなり、裏山の木を切ってから、そんな小さな意味に動かされた振る舞いが急激に増えたのだった。良太にはそれが凶暴になった徴《しるし》のようで、おそろしかった。風の動きを誰よりもよく感知し、音を細かく聴き分ける。山に巣喰うどの鳥や獣よりも敏感に空気や水や草木に反応する。良太には達男は手なずけようもないし、捕獲しようもない獲物だった。山仕事の現場の方々に、獲物が俊敏さを忘れ不用心に近づけば脚がくだけるほどの勢いで木が落ちるワナを仕掛けていた。獲物は本能でワナの木とそうでない木の違いを区別し、ワナを仕掛けた良太の気持ちを察知し、せせら笑うように、避けて通る。避けて通るだけで達男は良太の仕掛けたワナを破こうとはしない。

良太は達男が一カ月半、二木島の裏山の材木の斬り出し現場の小屋に寝泊りして何を感じたのか知りたかった。良太も達男が変ったと感じていたが二木島の女らが言うように達男が変ったのはキミコとの駆け落ちに失敗したからではないと思った。そもそも駆け落ちの計画そのものがなかった事だし、もしあったとしても、キミコの一方的な思い込みで周りがそれを達男も同じように考えていると、真に受けただけの事だ。達男が変ったのは、一カ月半、材木の斬り出し現場に泊り込んでからの事だった。そこで達男が何をやっていたのか良太は知っていた。達男は働こうと思えばすぐにでも人夫として働けるのに何一つ手出しせず、斬り倒される木を見とどける為に現場にいて、夕方、山と山の間にある渓流で体を洗ったのだった。単純極まりない一日だったが、達男はそれを一カ月半繰り返したのだった。その一カ月半は良太には予想外の事だった。二重、三重にワナを仕掛け、網を張り、獲物がかかっているという確実な手ごたえがあったのに、いきなり逃げられ、ワナも網もまったく役に立たない代物だったように獲物は違う場所で、水にもぐり、水で体を洗い、日に干している。獲物は良太の目にいっそう狩るのが難しくなったのだった。獲物の代りに、キミコを狩るのなら簡単に出来た。良太が、嘘を並べれば、達男がどう弁解しようと二木島の者らは信用せず、他所者のキミコをリンチするか警察につき出すかする。しかし良太の獲物、達男は違った。達男はたとえ二重三重にワナを張りめぐらされ網を張られても、軽々と抜け出る体力と才覚、なによりも二木島に君臨して来た血がある。誰もが達男を畏れる。

方々の川に仕掛けた網にいつの間にかズガニが入らなくなると、ほどなくイノシシ猟の解禁だった。山仕事の方は下草刈りではなく枝打ちが多くなり、その分だけ二木島から遠い山々の中に入るので、帰りが遅くなる。イノシシ猟にそなえた犬の訓練は、送りのワゴン車が二木島に着いてすぐ山仕事の装束のまま始めたとしても、薄暮の中で犬の毛の白さを頼りにするしかなく、達男は山仕事と訓練の板ばさみになってじれるように、犬が思いのまま動かなくなると、いままでなかったような勢いで怒鳴りつけた。「われ、真剣にやろと思とるのか」犬は蹴りつけられなくとも達男の語気の荒さで気合が入り、「行け」という合図と共に放されると、訓練所の囲いの中で猛って荒い息を吐くイノシシに躍りかかり、噛みつく。薄暮の中で黒い塊にしか見えないイノシシは躍りかかった犬を振りほどこうともがき、突然走り出し、柵に体をうち当てる。犬は喰いついたまま放れない。達男は柵の中に入り、イノシシに喰いついたままの犬の首を抱く。犬は達男にそうされてやっと放し、イノシシが逃げ出しかかると、また追いかかり、達男に体を抱きかかえられる。「放してくれ」という達男の合図で良太は、飛び出して行こうと身もだえしていた脇の犬の鎖をはずし、「行け」と手を放す。犬はまた白い塊となって黒い影の塊のように柵の中を逃げまどうイノシシに飛びかかる。夜目に黒い影に襲いかかる白い塊は達男の意思どおりに動いたが、良太は時に自分のような気がした。どう見ても達男は柵の中で逃げまどうイノシシではなく、イノシシに襲いかかる俊敏で果敢な白い犬だったが、柵の中に入って犬と同じ気持ちでイノシシを仕止める気合いをはかって模擬演習をしている達男は、イノシシなぞ問題にならないくらい手強い獲物のような気がした。そうやって山仕事から戻るなり、夕飯も食べず気合いを入れた訓練をしていたが、狩猟解禁日になってすぐに、大台ヶ原の奥の山に一月の予定で小屋掛けして、材木の伐採をする事になった。人夫の順造やタケだけでなく、番頭さえ、達男が一年中で一番楽しみにしていた狩猟解禁期間のしょっ端を味気ない男だけの山小屋暮らしで潰すことになると同情したが、達男は「ええんじゃ、めぐりあわせじゃ」と気にする風になく、順造に、「のう、シシ狩り出来るのは暇のある旦那の身分じゃさかで、人夫らのやれる事と違うのう？」と言ったのだった。

「しおらし事、言うわだ。熱でもあるんかい？」

順造がからかい達男の額に手を当てかかると、普段なら一も二もなく順造の手を払いのけるのに、自分の方から額を寄せた。

「おお、熱、ある」順造はなおからかうように声を出す。「池田のお母に見せたら、俺が達男の熱診ただけで、一日中ブリブリ文句を言うじゃろが。これは熱ある。手が焼けるほど熱い」

達男は苦笑し、ふと良太を見、何かが大きく違ったのだと伝えたいように、「お前も、熱診たいんか？」と訊く。

「いらん」良太は達男の手を払いのける。「アニが熱あるの知っとるわい。熱あって、うなされてなかったら、イケスに重油らまくものか」良太は突拍子もない事を口にし、瞬時に後悔し、達男の顔を茫然と見つめた。達男は驚き、次に良太を殴りつけるという顔をする。「そんな済んだ事を言うな。誰もみんな忘れたんじゃのに」順造が良太をたしなめるという言い方をし、行って小屋掛けの準備でもしろと肩を押した。良太は順造の言い方にむかっ腹が立った。

「アニが重油まいたんじゃ、アニしかあんな事するもん、おるか。重油まいたって、きたない、腐った豚みたいな魚、みな殺しにしたてもかまうもんか」

　良太が言うと、達男が「おうよ、俺じゃ」とつぶやく。

「俺以外、おるか」

「あんな事するの、アニしかおるもんか」

　良太の眼に涙が吹きこぼれる。達男が順造に、山仕事の人夫ではなく池田の家の長として、興奮した良太を他所へ連れて行けと、目配せをして無言のまま命じた。順造が肩を押したので良太は「触るな」とどなった。達男は良太の声から何もかも分かったというように、「悪いのは俺じゃ、ええのも俺じゃ。二木島はなにもかも俺のものじゃ」と言い、順造の代りに自分が興奮をなだめるというように良太の肩を押し、ついて来いと歩き出す。

「ええのはない。悪いのだけ、アニじゃ」

　人夫らは良太の言いぐさに苦笑する。達男は良太が面白い言い方をすると振りかえり、「おうよ」と相槌を打つ。祖父の代、父の代に池田の家は二木島に君臨し、「悪いの」も「ええの」も池田の家を中心にあったが、紀勢線が全通になり、車の通る道が二木島までのびて、今に到る達男の代になって、「悪いの」だけがどこよりも古い血筋を誇る池田の家のものになった。達男は「悪いの」の役を一身に引き受け、二木島の者から指弾され続ける。良太の言いたい事はその事だった。達男は良太をそうやってなだめるのが一等よいのだと言うように、山の脇に停った小型トラックまで歩き、荷台の上にかけた幌を取りのぞき、チェーンソーやノコギリ、斧という山仕事の道具をたばねた下から、毛布にくるんだ物を引き出す。毛布を取りのぞきかかってすぐ良太は「猟銃」と声を出し、達男がどんなに変っても二木島の「悪いの」の役を棄てたわけではないと分かったように、「これ一丁あったらイノシシ出て来たら撃てる」と言う。

山の中で達男は異様なほど無口だった。総員六人で小屋の中に泊り込み、朝から晩まで一緒に行動するので、達男も良太も勝手な事を出来ず、達男の猟銃は現場に山仕事の道具と共に毎日運び込まれていたが一度として火を吹く事はなかった。沢のすぐそばに山仕事を架けたので水に不便はない。運び込んだドラムカンの底に丸太で切った台をつくって沈め、水を張って五右衛門風呂にし、風呂は毎日焚いたので、山奥の初冬の夜でも寒さにさいなまれる事はなかった。達男はよく夜になると外に出た。寝入っていた良太は眼覚め、隣の布団に達男が居ないのに気づき、あわてて服をつけて後を追った。達男は下シャツ姿で川原に坐り、夜の山の暗がりを見つめ続けている時もあったし、或る時は素裸になって渓流につかっている事もあった。良太は達男が何を思ってそんな事をしているのか理解出来ず、声も掛けないで見つめていた。川の水を胸につけ、淵の方に歩き、頭からつかり、また浅瀬の方に戻ってくる。月明りで浮かび上がった達男を見ていると、一層水が冷たく思え、見つめている眼から水が入り込むようで良太は身震いする。達男の姿は痛々しく見えた。山に棲む獣が深夜、人の寝静まったころに、山の獣道を通って人里に降り、やむにやまれぬ本能のまま海の岩場に来て潮を舐める姿に似ていた。達男は水を胸にかけ、水を手ですくって飲む。渓流の音にまじり、山の梢が立てる音がする。達男は顔を上げ、音に耳をすまし何事かを決心したように、「よし」と声を出す。

その時、良太は何も気づかなかった。後になって、達男は他人にはうかがい知れないような事を、山の神と約束したのだと分かった。女らは達男のその約束が何なのか、ぼんやりと感知した。その頃から、よく達男が招集して親きょうだいだけの親族会議がひらかれ、遠いところに嫁いだ姉らはいそいそ集まり、以前にはなかった事なのに木本の料亭に一族でそろって食事をしに行ったり、料理を取り寄せ、家で飲み食いした後、昔がなつかしいと漁協前の広場に来て、女らと話し込んだりする事が多くなった。漁協の女らは多い時には月に二度も三度も他所から来て不平すら言わず、むしろ満足げな表情で二木島のあちこちに姿を現わす姉らの態度から、前々からあった原発や海中公園の話に達男が乗り、持っている山や土地を売った金の分配をめぐっての親族会議なのだろうと噂したが、姉らは口が固く誰一人として本当の事を言わない。女の一人が思い切って一等上の姉に、達男がやったと言っている悪作の数々を上げて、達男は必ず二木島に災難をもたらすような事を企てているはずだ、と言うと、一等上の姉は色をなして怒り、原発の漁業補償を当てにしているのは達男を海から締め出した二木島の漁師だし、海中公園も漁をまともにやる気のない自堕落な漁師のすすめるところだと言い、親族会議では、紀勢線全通は二木島の為にと山をタダ同然で売りあげくは没落しはじめた愚は二度と冒さないのが、池田の家と二木島の為だと決めた、池田の家の山も海も一切売らない、と言った。達男は母親や姉らから見れば、神仏の子としか言いようがない。達男は親族会議で、禁区で泳ぎ、魚を突いた理由を言った。俺ではないが、と前置きして、もし誰かが、きたない、腐った、ただ人から餌をばらまかれて食って豚のように肥ったハマチの養殖イケスに重油をまいたとしても、非はそいつにない、やる気のない自堕落な漁師が悪い。姉はそうまくしたて、二木島は昔の面影もないほど腐り果て道徳的に堕落してしまっている、と明らかに昔、二木島でただ一人、高等女学校を卒業した娘の眼で、漁師の女をさげすみ、あわれむように見る。自堕落な暮らしはすぐ体にあらわれる。明らかに迷信なのに石の粉を飲み、体の具合が悪いとなげいている。姉は「あんたら、あのイケスのハマチみたいなもんやねェ」とイケスを指差したのだった。漁師の女らは憤慨し、「どうせ二木島から出ていけんハマチやよォ」と自嘲し、達男のワルは単純なワルではなく、湾にそって二木島全体を睥睨《へいげい》するように建った池田の家が何代にも渡って貯えたワルなのだ、と言った。

「あそこから毒が出とるんやわ。あの家に入ったら毒にやられるんやわ」

女らはことある毎に、自分らは一等上の姉に言われたイケスのハマチだ、と自嘲し、重油の後、新たに仕入れ直し放した幼魚が成長したら、一尾「ほれ、食べてみなれ」と親族会議の席に差し入れに行ってやると言って笑い、達男の話になった。

「きたない、腐ったハマチ、どっさり食べとるんと違うん？」

「神仏の子じゃったらそんなハマチ食べても毒にならんと言うんやろか？」

女の一人が言うと、別の赧《あか》ら顔の女が、「ハマチかて食べ頃があるんよ」と言い、女らに、「あんた、まさか？」とからかわれる。

「昔、むかし。なかったとは言わせん。内緒にしとってもええけど、ハマチを頭から毛嫌いされるんじゃったら、ワシ、親族会議に乗り込んで行て、コラ、達男、ハマチ、食て、こんなうまいもの初めてじゃ、と言うたのお、母の前で白状せえ、あれは嘘やったのかァ」

「嘘やわァ」女の一人が合の手を入れる。

「達男でなかっても、誰でも男は言うし、あの時、言うたやろ、と問いつめても、頭かいたり尻かいたりして、嘘やったと言う」

朝、漁協の緊急災害用のサイレンが鳴り響いた。女らは胸騒ぎして外に出て漁師が「また重油じゃー」と声を上げるのを聴き、何か自分が予感していたものが的中した気がして、怖ろしさに震え上がった。何人も仕事装束をつけるのも忘れて漁協に駆け付け、イケスの中に放ち育ちはじめたばかりのハマチにまた重油が大量にまかれている、と知って、女らは、緊急を告げるサイレンの音も聴こえないというように灯りを消したままの達男の家を見た。漁師らは次々岸壁に集まり、エンジンをつけた小舟が戻ってくる度に、「あかんかい？」と訊く。イケスから戻って来た若衆らは返事をしない。「誰がやったんない？」漁師が訊くと「知るか」とどなる。女の一人が別な女をつついて達男の家を教えた。「灯りついた」達男の家の灯りが家中に広がり、それが湾をかすかに照らす。そのかすかな灯りが、達男の家がまだ流している毒のようで女は身震いし、隣にいる女に、「ワシらの話、聴いとって、二木島の女らきたなて、腐っとるさか、死ねと言うつもりかいの」と涙声でささやいた。「おとろし」隣の女はつぶやく。

「二回もやるんやから、ワシら、皆な殺しにされたんと一緒や」

女は怖ろしさをこらえかねたように呻き声をあげて泣く。女の一人が、「皆殺しにされるんやったら、犯人、殺したるわ」と唇を嚙み、達男の家を見て、「ちゃんと警察に調べてもらうよ、死刑にしてもらう」警察の捜査があり、綿密にその夜の行動を二木島中の人間が調べられた。二木島中の誰もが一等疑わしいと思っていた達男は、家にいて一歩も外に出なかったと言った。達男の手下にいる良太は、夕方から新宮の不良グループと一緒にいて、山仕事がある為に朝二木島に戻り、事件を知ったと主張した。警察は海に出たのを見たと目撃する者のない以上、家にいた達男や外にいた良太を疑うのなら、夜釣りに出かけたり、早朝に漁に出かける漁師らの方がもっと疑わしいと言い、結局、犯人は誰なのか分からないままになった。噂は達男の一等上の姉が漁師の女らをなじった言葉まで証拠に持ち出し、達男しか犯人はいない、となり、そのうち、達男が犯人として責任を取れば、誰もが皆、納得し、安堵するのだ、とまでなった。達男の母親は二木島にあふれた噂の真偽を達男に確かめた、と順造は女房から訊いたと女らに伝えた。達男は激怒し、丁度、猟銃の手入れをしていた事もあって「そんな根も葉もない噂信じくさって。謝れ。撃つど」と猟銃を向けた。母親はひるまなかった。神仏に願かけた子にかかって死ぬのは本望だ、撃ち殺してかまわないから本当の事を言え、と詰め寄った。達男は神仏にかけて自分はやっていない、と言った。母親は涙を流し、湾に油をまいたというなら、そうまでして憎んでいる今の二木島に生きる必要はない、二人で死のうと言うつもりだった、と告白した。順造の話を聴いて女らは達男の母親が一等、二木島で荒くれ者のワルと指弾されるのに心を痛めているのだ、と気づき、「大変じゃねえ」と同情したのだった。

良太は女らが順造から耳にした達男の話は幾つも嘘があるのを知っていた。達男は母親にすべて正直に言ったのだった。山の中で水につかり、生命を与えてくれた神仏と約束した。もう生きていられない。神仏と一緒に死ぬ。その神仏と約束する達男を良太がのぞいていた。達男は良太を脅した。殺す。そうでなかったら、言うとおりにしろ。良太は言われるまま、新宮でアリバイをつくり、二木島に来て、禁区から舟を出し達男の用意した重油をまき舟を工作して戻った。母親は達男の話を涙して聴いた。聴き終ってから銃を持って来て、どうか先に撃ってくれと頼み、神仏に祈るように達男に祈った。良太は達男が素裸のまま胸倉をつかまえ、殺すと脅した時も怖ろしさに震えたが、その同じ男が、昨夜の女との首尾を誇らしげに語るように、池田の家で起こった親と子の秘密をうちあける姿も、人間でないようで怖ろしかった。

重油は二度とも良太がまいた。一回めは一人で、二回めは達男にそそのかされて。良太は畏怖しながら、一等大きなワナに獲物がかかったと嬉しくてならなかった。その獲物は夕陽にさらすと金色の肌が光った。良太が物言うと答え、トンチンカンを言うと微笑んだ。風が吹くと不意に黙り込み、胸をそらし顔を上げて、自分は不本意にここに居るのを耐えている貌《かお》をする。

良太は達男と秘密を共有したせいか、達男に大っぴらにワルを勧めた。クリスマスの時は、漁師のトシオにまったく言わずに、二人で禁区から大きなカケノイオを釣り上げて用意し、トシオと三人で新宮のキミコの店のパーティーに出た。

「これ、アニが禁区で釣り上げたカケノイオ」

良太が差し出すと、キミコは喜び、はしゃいだ。

「やっぱし達ちゃんやねェ、ええとこあるねェ」

「またか。また、やったんか」

トシオはふくれっ面をしている。

そのトシオが、新宮の火祭りに今年は二木島から参加する男らが異様に多いと良太に耳打ちし、達男に充分警戒するように忠告しろ、と伝えた。二月の寒い時季の火祭りは、酒が入るせいでよく荒れた。近隣の男らが一週間も十日も前から女を遠ざけ、身を清め、その日、白装束に荒縄を腹に巻きタイマツをかついで、市内にある三つの社《やしろ》を参拝して山に登る。辻々で酒を振る舞われ、市中は酔った登り子らの天下となり、町の方々で喧嘩が起きる。白装束は顔を見ない限り、誰が誰だか分からなくなる。重油の事件の犯人と目す達男を、二木島の者らは祭りの昂ぶりに乗じて袋叩きにするはずだ。

「俺がおったら大丈夫じゃけど」

トシオは腕にかけては自信があると嘯き、それでも一時に大勢でかかられれば駄目だから、用心するにこした事はないと言った。達男は鼻で吹いた。達男は良太が伝えたトシオの言葉をあざけるように、ことさら、漁協に行き、女らに「油流した犯人、分かったかい?」と訊く。女の一人は達男のすぐ脇までホースの水を飛ばし、「今度は油の量、多かったさか、六千万くらいの寄付要るわ」と露骨に言う。

「お母に相談してまた山売らな」

「そうそう、漁協のボンクラ救う為の金ないど。二木島の者ら、俺からムシり取るつもりじゃろうが、俺も連中のムシのええのにあきれ果てた。俺とこはスッカラカンじゃ。山も何もかも姉らに分けるつもりじゃさか」

「また親族会議」女が舌を出すと、「おお、親族会議。親族ばっかり多いさか」といい、今度は網の修繕をやっている漁師の方に行き、「寄ってたかって俺に責任取れと言うんじゃ」と話しかけ、さも自分が噂の犠牲者になって困惑しはてている印象をつくる。漁師らはワルが弱音を吐いたと取って嵩《かさ》にかかって「おまえやったんじゃろ?」と直截《ちょくせつ》に訊く。「いろんな事やったが、逃げ場もない弱いものに、俺がやろか」達男が言うと、漁師は忠告するように、「やってないんじゃったら今のうちに、人集めて集会場で申し開きせえ。そうでなかったらしらんど」

と言う。

「なんない？」達男はことさら知らないふりをして訊く。

「なんない言うて、おまえも二木島の池田の家の家長を継いどる者じゃがい。二木島はおまえだけが気ィ荒いのと違うど。ここらの者、皆な先祖頼ったら海賊じゃから。二回も大事な漁協のイケスに重油まかれたら、黙っておく者、おらんど。考えてみよ。ハマチ飼うとるの、一人や二人の人間でなしに二木島の漁師、みんなじゃ。そのみんなのイケスに重油まかれたの一回だけじゃったら、他所者じゃろ、子供じゃろ、と思うが、二回もやられたら、よほどの魂胆持った者の仕業じゃと誰にでも分かるど。二木島のどこ捜しても、そんな魂胆持ったの、お前以外あろか。お前がまいたんじゃ」

「俺がか?」達男は言う。

「お前がやったんじゃよ」漁師はそう言い、早く他へ行ってくれ、達男と話していると人にどう誤解されるか分からないと言い、それっきり黙り込んだ。達男は二木島の者全部が自分を敵視しているのは初めから分かっている、と言うように、集会場の方にかたまり漁師と立ち話していた達男を注視している漁師や若衆の方に手を上げ、集会場の方へ歩き出す。胸をそらし、敵視に一歩も引かず歩いていくその達男を良太は誇らしかった。狩りとった獲物は美しい姿をしている。火祭りの一週間前から達男は山の中で仕事を終えるたびに体を洗い、食べ物も色のついた物は取らず、そうやって待ち受けた火祭りの日、二木島の者らと何台もの車に分乗して新宮に行き、市中を廻っている間に、達男一人、市のヤクザ者らの乱闘に巻き込まれた。誰がたくらんだわけではないのに、祭りの無礼講に乗じて二木島から来た二十人ほどが達男を袋叩きにするたくらみは、相手がヤクザ者らでもあるし、それに向っていく達男の凶暴さむき出しの姿に気を呑まれ、雲散霧消し、いつの間にか、達男と一緒に新宮のヤクザ者らと渡り合う二木島の組になっている。その組から一人消え二人消えし、火祭りを行なう神社の崖のような急勾配の石段をのぼり切り、神域にたどりついた頃は、達男、良太、トシオの他に三人の漁師の若衆がいるだけになっていた。神域の門が閉められても火はなかなかこなかった。酒を飲んだ上に急勾配の石段をのぼり切り酔いの廻っている白装束の男らはじれて岩をたたいた。そのうち、乱闘がはじまる。良太は達男を見つづけた。達男がタイマツで殴り合う音に引かれたように立ちあがった時、神火が神域の門を開けて入ってきた。神火が中に入ると門はすぐ閉じられる。神火に男らがむらがり、たちまち方々に運ばれ、神域は火と煙の海に化した。良太は火をつけるのももどかしく、達男をさがした。達男は神の岩のそばでタイマツについた火に見入ったように立っていた。風が神の岩の上から吹くと火は達男の頰を焼くように動き、男らの持った火が達男に撥ね、達男はいままで見た事のないような叡智に充ちた男になって浮かび上がった。門が開かれ、石段を駆け下りようとする男らの歓声があがると、達男は火を突き出された凶暴な獣になる。良太が一緒に石段を降りて行こうと声を掛ける暇を与えず、達男は憑《つ》かれたように石段に向って走り出した。

達男の家で親族会議が開かれたのは火祭りの次の日だった。普通なら厄払いの餅まきをやり、集会場で宴会をやるのが、材木を売って金を二木島に寄付した時、達男の厄払いも祖父の法事も取りやめると決めていたので、達男はきょうだいにいつものように親きょうだいだけの親族会議をこの日にやると通知し、呼び寄せたのだった。親族会議の後の食事も木本の料亭から取り寄せていた。子供らが学校と幼稚園からそれぞれ戻り、すぐジュースを買いに駄菓子屋の自動販売機に来た。下の子がボタンを押しまちがえトマトジュースを出したので、良太が百円出して押し直してやった。子供らはジュースを飲みながらすぐ家に戻った。良太は達男の家から歩いて漁協前の広場に向った。猟銃の音が最初聴こえた時、眼を瞑った。次いで二発。さらに四発。女らが「どしたん」と良太に訊いたが、答えなかった。さらに一発。良太は手の中のトマトジュースのせんを抜いた。二木島中の人間が達男の家の方をのぞいていた。二発。子供、と良太は思った。漁協の広場を抜け、集会場の前で一発、銃声が響いた。良太は思わず振り返った。

〔1985年7月〜1987年2月「文學界」初出〕

火まつり（オリジナル・シナリオ）

登場人物

達　男
基視子
良　太
＊
山本の兄さん
ト シ オ
達男の女房
達男の母親
達男の姉たち
達男の子供ら
人夫たち
基視子の姉
ミ ー コ
鍛 冶 屋
移動パン屋

若　衆　ら
漁師たち

1　タイトル

2　真昼。空をおおった杉の大木がきしみながら倒れる。

人夫の一人が材木を蹴る。

汗。腕が斧《おの》をふるう。

うなるチェーンソー。はねとぶ木屑。

達男（40歳）、木の裏側に廻り、チェーンソーをかける。

画面いっぱいに倒れる木の音がきゅーんと立つ。

達男と少年、良太（19歳）が枝を払いはじめる。

ひびく斧の音。チェーンソーの音。

達　男「ほらッ、ほらッ、来たぞ」

人夫Ａ「行くぞ！」

達　男「（顔を上げ）行くかい（ニヤリと笑い、良太に）おい」

どさりと大きな獲物のように横に木が落ちる。

遠くで、風に割れた金属的な音のパン屋のテーマソングが、風に乗ってかすかに聞こえる。

人夫のひとりが切り取った枝を足で払う。草むらでざわめく音がするのに気づき、ふりかえると、兎《うさぎ》がとび出しかける。

達　男「(良太に) おい、かかるぞ」

良太、見つける。チェーンソーの音がする。

良太、達男の方を振り返り、チェーンソーをかけ始めた途端、兎は草むらを飛び出して、駆ける。

良太、仕事にかかる前に気にかかり、兎を確かめようと歩いていき、草むらをのぞき込み、足で草を払うが、いない。

達男、眼で嘲る。

3　山小屋の脇の渓流

夕方の光。
男ら、冷たい水で体をふいている。
達男だけ素裸で渓流につかっている。
良太がバシャバシャと渓流の下の方から上ってくる。
人夫B「良太はやっぱしすばしこいわい」
達　男「うん (と顔を上げ)、上の方なら獲れるじゃろよ」
人夫A「このあたりは魚もスレてないじゃろ、アニの股の汁で、浮きあがってきとるじゃろに。(笑、良太に) 二木島で漁をするようなわけにはいくまい (嘲笑)」
達　男「(馬のように体を振り) たとえ俺じゃとて、ちぢみあがってしまう」

水の飛沫。

人夫C「(Bに)テキ(＝あいつの意)ら刃鋼《はがね》じゃさかの」

人夫D「風呂ほしのう」

バシャバシャと上流に行く良太に、

人夫D「もう米炊いとけよ、飯も炊かんと、オカズ獲ろというんじゃ(苦笑する)」

4　小屋の戸口

戸は開いている。

人夫B「(達男に)何つけとるんない」

達　男「(斧のそばにある瓶を取って)コロンというもんじゃけどの、この前もろたんじゃけど、カカの前でつけたりしたら、これじゃ」

人夫B「山のカミじゃかまんのかよ」

人夫C「俺にもくれよ(取って、シェービングローションのようにつける)、山のカミは匂いのええ男のほうがええというじゃろの」

達　男「腰にすがりつくんじゃ、何遍もすがりつかれたけどの」

と、小屋から出る。

5　小屋の前の広場

たき火で飯をつくっている良太、顔をあげる。煙ばっかりでいぶされる。

達　男「どら（と、火をのぞき込み）多すぎるんじゃよ」
と、まきを二本取り、地面に放る。
達　男「おまえら、いぶされるのはこれからじゃ、カカも、子も、親も、兄弟も、よってたかってのう、Aさん」
Aは達男の姉むこである。
人夫A「キャンプファイアみたいに炊くんじゃ」
良　太「俺、小屋掛けするのは初めてじゃもん」
達　男「アニらにしごいてもらえ」
と、斧をとぐ。
人夫A「もう小屋に泊まれるのも、時機ぎりぎりじゃ、そこの段ボール取ってくれんかい」
達男、足で蹴って、渡す。
Aがあける。
良　太「梅干」
人夫A「アニに教えてもらって、獲ってくるんじゃの」

6　犬が山の茂みを吠えながら走っていく

ダン、ダンと二発、遠くで猟銃の音がきこえる。
沈黙。

崖の上で、達男がロープ銃を、ライフルを射撃するように狙いを定めて、
向こうの山に向かって撃つ。
（音楽）
ロープをひいた弾が空を飛ぶ。

7　向こう側の山

下から、音に耳をすましていた良太、人夫B、Cが斜面をかけ上がる。ガサガサと犬のように茂みを走る。
ロープをひいた弾を見つけ、良太、それを持って、走る。

人夫B「（大声で）よし」
と、良太からロープを取って、ヤグラをかける。

8　ヤエンを張る作業

達男が中心になって進められる。向こうに見える人夫らに手を振り、
達　男「（大声で）テスト、テスト」
ヤエンを動かすが途中でかずら（または杉皮）がまきついて動かない。
良太が行こうとする。
人夫B「（のぞき込み）まきついたんじゃ」
人夫B、向こうの良太を呼ぼうとするが、達男が制し、

達　男「（大声で）俺が行くわい」
　　達男、ヤエンをわたすロープにぶら下がって、
達　男「アニら、俺以外こんなことする者おらんじゃろよ、Aアニ、空を飛んどるんじゃ」
人夫B「（ふざけた声で）まじめにやれ」
達　男「ええ眺めじゃ、何もかも見える」
　　突然、「痛い」と叫び、落ちかかる。
人夫A「良太じゃあるまいし、子供じみたことしとらんと、早よ、戻れ」
　　と、手を払うように手を振る。
達　男「（ヤエンにぶら下がったまま、まじめな声で）動かしてくれ」
　　ヤエン、向こう側に渡る。
　　達男の肩から血が出ている。
人夫B「ロープのささくれで切ったんじゃ」
人夫C「けっこう深いじゃないかい、刃鋼じゃ、鉄じゃといっても、血が出るんじゃ」
達　男「血じゃない、汁みたいなもんじゃ」
人夫C「良太、ひとっぱしり小屋へ行って、包帯取ってこい」
達　男「いらん、いらん、ささくれただけじゃ、すぐなおる。（良太に）そこのよもぎ取って
くれんかい」

達　男「違う、その横じゃ、その榊《さかき》の脇の草じゃ、汁には汁をぬりつけといたらの、とまる」
良太、取ろうとすると、
葉をちぎり、すりつぶし、匂いをかぎ、血の流れる肩の脇に顔をつけて、
匂いをかぎ、

達　男「こんな俺みたいな男、二木島の女らだけじゃなしに、木本の女も、新宮の女も放って
おかんわい、のうBさん」

人夫B「すぐ仕事じゃ、下に、明日までに材木運んどかなんだあかん」

達　男「(良太に) ちょっとはってくれ」
良太、よもぎを受け取り、はろうとして、かくれるように匂いをかぎ、はる。

9　小屋

良太が達男に寄りそうように眠っている。
達男、起き出す。小屋を抜け出そうとして、

人夫B「どこへ行くんない」

達　男「眠りもて思いついたんじゃ、ハヤ取りのワナかけとこと思て」

10　下の道

トラックがとまり、材木が積まれている。達男、人夫B、Cたち。「そうれ」。

運転手「あと何日ぐらい入るんない」

人夫B「番頭にきかな、はっきりしたことわからんが」
運転手「（鉄砲をもつ手まねして）行けんの」
達　男「間にあうんじゃろけど、仕事が一番じゃよ」
運転手「狂の字つくほどじゃと、評判じゃだ」
達　男「何ない、女かい？」
運転手「（また鉄砲の手まねして）これじゃよ」
達　男「女じゃだ、シシも女、女も女」
人夫B「シシも手なずけとるんじゃさかの」
人夫C「俺らみさかいないけどの、おい、行こかと打ちあわせしたら、犬連れていくだけじゃけど、敵ら、本格的じゃ、戦争するみたいに、調べて行くんじゃだ」

達男、トラックの荷台からとびおりる。

達　男「後で下まで連れていてくれんかい、どうせこれ出したら、明日から別の山じゃさか」
運転手「帰りどうするんない、便ないで」
達　男「かまん、かまん」
人夫B「何するんない、男ばっかしじゃ不足さか、下の女のにおいかいでと思うかい」
人夫C「ちょうどええ年ごろの良太もおるのに」
人夫B「トウが立ちはじめたかもしれんがの」

達　男「あれすんじゃ、あれ」
人夫C「あれかい」
達　男「帰りは歩いてもええし、どうせ、段取り持って番頭が通りかかるじゃろから、それに乗せてもろてくるわい」

11　林道

材木を満載した車が走っている。
パン屋のテーマソングがきこえる。
林道を出たところでパン屋の車とすれ違う。車に女が乗っている。
達男、それを見て、

達　男「外は女じゃ、ええのう、中は男の匂いでムンムンするが」

12　下の店

達男と良太、出てくる。

運転手「何ない」
良　太「まだ、言うとる」
運転手「何買いに、わざわざ来たんない」

達男、思い出したように歩く。赤電話の方へ。
運転手、達男がポケットに手をつっ込んでいるのを見て、達男の腹から糸を取り出し、先を持って、車の前に放り投げる。

水糸がトラックの前にのびる。

運転手「水糸じゃだ」

達　男「俺じゃ、電話した、また電話する（聞く耳をもたないように切る）、水糸じゃよ、そこらにワナしかけてまわろと思ての」

運転手「ああ、鳥取るんじゃ」

達　男「名人じゃさかの」

運転手、エンジンかける。

達　男「現場まで送っていかんかい」

運転手「日のあるうちに運んどかなんだら間にあわん」

達男、運転席にとび乗る。「そこまででええんじゃ」

良太、あわてて乗る。

車、動き出す。

達男、クラクションをひとつ鳴らす。

13　山の中

車、道をゆく。

達男と良太、杉の木立についた道を歩く。

14　二木島の裏山

良太、ロープを使ってワナを作っている。
良太「こうして、こう廻すと、このヒモは次はどこへ行くんない」
達男「ここで、結びじゃ」
良太「はずれた」
達男「とろいやつじゃ、ここに結ぶんじゃ」
良太、力を込めてロープをしばる。
達男、物音に気づいて、振りかえる。
崖の上だから空と海しかない。
歩いて、崖に近より、ふと頭を下げる。

15　海・船

船が三角の崖に接近する。
女が日傘をさして乗っている。
基視子「(船頭に)あともう少し早かったら、祭りにも来れたんやけど」
キイやん「ここまで船こいできたこと、あるんかい」
基視子、うなずく。
キイやん、何やしら気分を押さえ切れない様子で、エンジンを止め、ゆら基視子「いっつも面白かった記憶あるんよ、（船から身を乗り出し、下をのぞき込んで）青い底やねえ」

ゆら船がゆれるのにまかせる。

石が、船に当たる。

基視子、ふり仰ぐ。

キイやん「猿かい？　この崖の上あたり、猿が多いんじゃ」

石がまた、投げられる。

基視子の顔、のけぞるが、ケタケタ笑う。

基視子「猿やけど、顔知っとる、ちょっとええ男振りでな、昔、わたしが従いて廻っても知らん顔しとった」

キイやん「誰じゃ」

石のかわりに、バナナが一本、船に投げつけられる。

基視子、笑い入る。

船がエンジンを上げ、崖を廻り込む。

16　入江の中・船上

基視子、ブイで囲いをつくっているところを指さし、

基視子「あそこで、カケノイオつるん？」

キイやん「もっと向こうじゃよ（もといた岩の方を指さす）、ハマチの養殖じゃ」
キイやん、崖の方を見る。
崖の上に、立ちあがった達男の姿がみえる。達男、船の速度に合わせるように、町の方におりてくる。
キイやん「あの男じゃ」

17 崖の上

良太が、ワナを草や木の枝で囲っている。中に、赤い実がルビーのように敷かれ、バナナ・蜜柑がある。

良太、男をふりかえり、見る。

良太「（その男に言うように）アニ、うまいこと、できた、人間でも手つっ込んだら、骨くだけるぞ」

良太、まるで男の腕のように太い棒を持ってきて、ワナを試してみる。

バシッと落ちる。

18 二木島・埠頭《ふとう》

達男が埠頭にやってきて、
達男「石、当たらなんだかい」
キイやん「硝子《ガラス》でも割ったらどうするんな」

達　男「弁償したらええんじゃろよ」

基視子「波、見とったら、クラクラする」

　達男の差し出した手をつかみ、陸に上がる。上がる拍子に、日傘を海に落とす。

基視子「あっ」

達　男「キイやん、手鉤《てかぎ》じゃ」

　キイやん、船室に戻り、手鉤を取り、戻ってくると、達男が船に乗り移る。

　達男、身をかがめて浮いた日傘を取る。

　水滴の垂れる日傘を女に渡す前に、「びしょびしょだ」と、女の体をまさぐるような指つきで日傘をひろげ、パチッと傘の骨の音をさせる。

　水が撥ねる。

　基視子、受け取る。

基視子「いっぺん船で廻ってみよと思て。船に乗ったら水しぶきもはねるし、日も強いやろと、わざわざ買うてきたん」

　ふと、顔をあげ、土堤の上を見る。土堤の上に二木島駅。そこにいる男を見て、

「ケイちゃん」と、声をかけ、手を振る。

達男、急につまらなくなったように、帰りはじめる。

駐車場の脇で、人夫二人と老婆、それに漁師が、基視子が船からおりるのを見ていた眼をそらす。

達男、人夫の男A（＝順蔵）に声かける。

達　男「順蔵さん、もうちょっとおったら、晴れ上がっとったで」
順　蔵「おうよ、俺も……」
基視子「（小声で）達ちゃん」
達男、振り返る。
基視子「喫茶店で、コーヒーでも飲まん？」

20 **良太、紀州犬と共に坂道を駆けあがる**

一匹、明らかに傷を負っている。その犬を蹴りとばす。犬は鳴き声をあげない。

21 **喫茶店の前（駅の下）**

〝本日休みます〟の看板がかかっている。

基視子、ミルクコーヒーのビンを手に持っている。

達男は坂に尻をおろしている。

基視子「ちょっと事情あってな、店まかせてきた」
達　男「事情か」
基視子「なんやしらん、色っぽいやろ？　お客さんに言うと、この齢の女が事情というたりしたら、あんな子と深い仲になって、他所へ逃げるみたいで、色っぽいと言う」
犬に追いつめられている良太。
達　男「(吐き棄てるように) まだ何にも知っとらん」
基視子「名前なんていうか分かる？　アイジン（＝愛人)、もう三年も前に居抜きで買うたんやけど、前の持ち主がうちとよう似とるんよ。お客さんは妹かと言うの」
達　男「今度、山へ行くとき、寄ったるわい」
基視子「寄って、わたし、しばらく二木島におろと思とるけど」
良太、歩いてくる。犬が尻尾を振りながら付き、基視子の傍にくる。
基視子「苦手や」
達　男「俺の飼うとる犬じゃ」

22　犬の訓練所

犬の吠え声。
達男「いくぞ」と、猪を放つ。
大きな猪が一頭、走り出る。

良太、達男の合図を見て「いけっ」と、犬を放つ。

猪に襲いかかる四匹の成犬。

達男の子供、二人、金網の外からへばりついて、見ている。

達男、仁王立ちになる。

男が二人、歩いてくる。

ブローカーA「おお、やっとる、やっとる」

と、小声で言い、達男に取り入るように、そばに立ち、
ブ・A「大したもんじゃの」

達男、黙ったまま、どこのやつだというように顔をあげる。

子供ら二人に、
達　男「ほら、もう帰れ、お母ちゃんに風呂炊いておれと言うたれ、それから、バアちゃんに、ぐちばっかし言うな、と言うたれ」

ブローカーB、一歩おくれ、檻《おり》の中を見る。

猪のひからびた皮を争っている子犬五匹。

ブ・B「（振り返って）今のうちから訓練じゃ」

ブ・A「（しゃがみ込み）しっかりしたあごして、ええ面がまえじゃ」

達男、帰っていく子供ら二人を目で追ってから、

達　男「なんない？（挑戦的な顔だ）」

ブ・Ａ「犬の訓練所あるんじゃと聞いての、ここじゃったんじゃ」

達　男「ここは違うど、金使うて咬ましてくれるシシおいとるのぁ、那智《なち》じゃ（嘲笑）」

ブ・Ａ「（取り入るように）ええ犬じゃの」

達　男「イチの血じゃよ、あんたらにイチ言うてもわからんじゃろが、このあたりにおるの、混ぜとるのばっかしじゃけど」

良太、手で合図する。

猪、悲鳴をあげる。

血を流す猪、ビッコだ。

良　太「止《や》めようか」

達　男「かまん、かまん、どうせこのオイさんら、山本の兄さんから聞きはつって、こんなど辺鄙《へんぴ》なとこに、ろくな犬おらんと、来たんじゃろから、見せたれ。鉄砲使わんでも、犬おったらシシ狩れるんじゃと、見せたれ」

猪、悲鳴をあげる。ビッコをひき、転がるように走る。

達男、ニヤリと笑う。

達　男「どこから来たんない？」

ブ・Ｂ「その奥の須崎に来たんじゃけどの、山買いに。わしらも好きじゃさか」

達　男「こんなにして昔は、シシ獲ったんじゃ」

　　　　達男、合図する。

　　　　良太、猪の柵をあける。中に猪転がり込む。

　　　　良太、柵を閉める。取り残された犬、柵の前で興奮している。

ブ・A「（猪をのぞき）えらい血じゃ」

達　男「シシ狩りに行っとる者まで、俺が犬をこうやって訓練しとるの、むごいと言うんじゃ、
　　昨年五頭おったの」

　　　　良太、犬を呼ぶ。寄ってきた犬を柱のくさりに四匹つなぐ。

　　　　犬の口についた血を手でぬぐってやり、ブローカーA・Bを威嚇《いかく》するように、
良　太「俺が言うたら、人間でもシシのように追い込むんじゃ」

　　　　と、頭をなぜる。

ブ・A「（怒ったように）人様を追い込むような犬じゃ、しつけ悪い」

達　男「ようけおるわよ」

23　入江・ハマチの生簀《いけす》

　　　　犬の吠え声がする。
　　　　若者ら三人が船の上にいる。若い漁師が、伝馬船《てんません》からブイにとび乗る。バ
　　　　ランスよく立って、中をのぞき込む。「結構、大っきなっとるな」

モーターのついた伝馬船、ブイに近づき、エンジンを切って、生簀の中に入る。

三杯のバケツからサナギをつかんで、三人とも、違った方向に投げる。

バラバラと浮かぶ。

波立つ水面。

若者Ａ「一匹あげるかい？」

そのまますくい上げる。

はねるハマチ。

24 良太、仔犬と共に見ている

若衆宿の方へ行く。

25 喫茶店・奥の便所

基視子が金を数えている。

基視子の姉「基視ちゃん、呼んでるよ」

基視子、あわてて金を、ベルトの袋装になった中にたたんで押し込みながら、ノブを引く。

トイレのドアをあけて外に出ると、気後《きおく》れたような笑みをうかべる。

マスター（姉の亭主）「さっそく若い衆ら、アタガシ持ってきてくれた」

基視子「えッ」
マスター「（あごで教え）外、外。神さんに捧げる祭りのアタガシみたいじゃ」
基視子がドアをあけようとして、姉とすれ違う。
姉「ここ田舎やから、あんまり派手にしたらあかんよ」
と、小声でつぶやく。
基視子「えッ」
と、また気後れたように。
マスターがそっと視線をそらす。
基視子、ドアを開ける。
若衆ら三人、堤に腰かけて立ち、
若衆A「姐《あね》さん、これ持ってきたった、そこの生簀の養殖じゃけど」
基視子「こんな大きな魚、あの生簀の中におんの？　達ちゃんに訊いたとき、つい小さな魚やと思たのに」
若衆A「池田のアニか、あのアニら山の方じゃから、海のこと知らんわい」
基視子「まだ生きとる。（パクパクする口を手で触れると、ピクッとはねる）ワァッ、生きてるう、こんな大きな魚、生きてるう、これくれるの？」
若衆B「（片目をつぶり）大っきいど」

基視子「(持とうとするが、手をひき)よう持たん(と笑い入る)、入って。わたしの店じゃないけど、ビールあるし」

と、魚を持たせかかる。

三人、入っていく。

若衆C、振り返って、片目をつぶる。

さりげないふりで立っていた若衆Dと山本の兄さん、笑う。

若衆D、店の方へ歩く。性のよろこびが全身に出ているような歩き方。(その歩き方は後で、良太もする)山本の兄さん、ハンチングをかぶり直して、ふらふらと歩き出す。

良太、それを見て、「行けッ」。

良太の先を仔犬が走る。

仔犬、山本の兄さんの後から、足に嚙みつく。

「くそッ、くそッ」と足で払う山本の兄さん。

26 入江の生簀。浮いている魚(早朝)
若衆三人が懸命に伝馬船で走り廻る。

27 岸壁に人の群
村人「悪いことやるやつもおる」

基視子「どしたん？」
村　人「油まいたやつ、おるんじゃ」
基視子、人に連れられて伝馬船から漁船にとび移ろうとして、ズルッと滑る。

28　ギラギラ光る油膜

伝馬船がその中を行き交う。

29　噂の辻

山本の兄さん、小さなたき火に股ひらいて、腰かけ、
山本兄「油いうもんはそう簡単にまけるもんでない。悪いやつがおるんじゃ、火つけたらボッと燃えるじゃろ」
漁師女Ａ「重油やから燃えんわ」
山本兄「(話の腰おられて) 悪いことするもんは、決まっとる」
漁師女Ａ「悪いことするもんでも、あんな悪させん」
漁師女Ｂ「何でそんなことするんやろ」
漁　師「悪さにもほどがあるなァ」
油のついたハマチを入れた箱を運んでいた若者に、
漁　師「どうもできんなァ」
若　者「腐ってくるし、このままじゃどうもならん」

若衆宿の方からDが歩いてくる。

若衆D「俺がしたんじゃないど」

漁師女A「（小声で）冗談でも言うもんじゃない」

達男の女房、子供ら二人を連れてくる。

保育園の待ち合わせの場所にきて、下の子と共に立つ。

上の子は小学校の方へ一人で駆けていく。

山本兄「アニおるかい？」

女　房「（若衆Dに）一緒と違た？　山、二、三日、暇やさか、今抜かしたら間にあわんさかと、シシ、狩りに行たけど」

若衆D「アニら、シシ狩るんと違うんじゃ、俺も他のやつらも誘われたが、よう行かん。昨日のうちから、青年会館に泊まり込んで、いろいろ話聴いとったが、従いていたのは、トシオぐらいじゃろ」

漁師女A「トシオ（辟易《へきえき》したように）」

女　房「いつまでも若衆みたいに、会館らに泊まり込んで、とバアちゃんが怒る」

保育園のむかえの先生がきたので、女らに黙礼して、子供を連れて、待ち合わせ場所に行く。

車にハマチの箱を積み込もうとした若者がいやいややったので、魚をばらまいてしまう。

溜息が起こる。

猿のような小男（流れ者の鍛冶屋《かじや》）が肩に荷をかついで、足元に転がり出たハマチの死体に声もなく立ちつくしている。

「どけ、どけ」と、若者らに追われる。

若衆D「猪じゃなしに、猿を狩るというんじゃから。話きくだけで、反吐《へど》出そうになる」

30　山の中

良太が犬をなだめる。

トシオが腕をあげて指さす。

達男とトシオ、鉄砲をかまえる。

撃つ。銃声二発。

木の上にいた猿、キィと声を上げて、茂みに落ちる。

良太、「行け」と犬を放つ。

茂みの中から逃げ出す猿。

犬が追っていく。

トシオ「おっ、逃げやがった」

達　男「大丈夫じゃて」

犬の行った方に良太が走る。

31　岩場

良太、猿を追いつめた犬のそばに寄る。

良　太「(大声で) アニ、まだ生きとるんじゃ」
トシオ「おお、まだ逃げよとしとるな」
達　男「もう逃げられんわい」

別な茂みで動く気配がある。

達　男「(鉄砲をかまえ) 待っとれよ、すぐ行たるさか」

弾を込め、猿めがけて射つ。

32　雑木の中

三人が歩いている。

良　太「アニ、鉄砲、貸してくんかい?」
トシオ「あかん、あかん、毛が生えたばっかしの子供に。危い」
良　太「アニ、触るだけでええ」
トシオ「あかんというんじゃ、犬の世話するんでついてきたんじゃろ」
達　男「弾入っとるさか、危い」
良　太「弾、抜いたらええ。もう皆んなと一緒に山に入っとるんじゃし」

達男、立ち止まり、弾を抜こうとして途中で止め、「ほら」と、猟銃を渡す。
良太、手に持ち、構え、口でダンダンと真似し、先に走り出る。
犬が追う。
良太、立ち止まり、構え、そのまま振り返る。

良太「(達男らに) 止まれ」
トシオ、あわてて銃をかまえようとする。
達男がトシオを止める。

達男「なんの真似じゃッ」
と、良太の方へ歩みよる。

良太「止まれ、撃つど」
達男、さらに近寄る。

良太「アニ、止まれ、撃つど」
と、立ち止まる。

達男「良太、危い、返せ」
良太、じっとかまえる。
再び、達男、トシオを止め、銃を下げさせる。
良太、じっとしてから、ガサガサと樹の上の音がして、いきなり振り返り、

ダーンと撃つ。（音楽）
トシオ、茂みの上を駆け抜けるものに、銃をかまえて、ダーン、ダーンと
二発撃つ。
遠くで黒いかたまりのように垂直に落下するものがあるのをみて、犬が走
り出し、三人が走り出す。
猿が即死の状態で茂みに倒れている。
猿の方に良太走り、犬が取り囲んだ中に入り、まるで自分の撃った達男の
ように猿を、「アニ、アニ」と言う。

33　噂の辻

二頭の猿が置かれている。

若衆らがいる。トシオ、しゃがんでいる。

トシオ「良太が一匹、しとめたんじゃ」

若衆Ａ「たたられんなよ」

良　太「俺じゃない、トシオ兄《アニ》じゃ、この顔みてみ、人間みたいじゃ」

離れたところで網をつくろっている漁師Ａが、
漁師Ａ「ろくでもないこと、しくさって。あれら漁に出るわけじゃないから、勝手なことしく
さる」

漁師Ｂ「しけてくるんでないか」
漁師Ａ「（顔をあげ、山の方をみ、空をみて）しけはせんじゃろがの」

袋をかついだ流れ鍛冶屋、猿をのぞき込み、「どけ、どけ」と払われ、若衆のひとりに、袋の中の物を売りつけようと、

鍛冶屋「兄さん、ちょっと」
若　衆「あっちへ行け」

鍛冶屋、追われ、荷をひらく。
山仕事に使う大小の鉈《なた》、漁に使う手鉤の先。そしてガスバーナー、砥石、金槌など。
同じような移動雑貨屋（パン屋）が粗悪な音のテーマソングを鳴らしながら入ってきて、猿の囲りの人だかりの横に車を止める。
いかにも町から来たというように、エプロンをかけ、口ひげをはやした男、おり立ち、人だかりの中に入るが、顔をしかめて出てくる。

漁師女Ｘ「何あるんなん？」
移動男「今日はいろいろ仕入れてきたけど（声音を変え）何どあったんかいの、ザワザワしとる」
漁師女Ｘ「生簀に重油まいた者おって、さっきまで警察も来とったんや」
漁師女Ｙ「いやがらせじゃろと言うとった」

移動男、車の荷をあける。果物、肉、雑貨品、それにこれがこの車の特徴
だが、町でしかできない焼きたてのパンを積んでいる。
移動男「それでパトカーも消防車も通ってたんやな」
漁師女X「そのハマチ、いくら」
移動男「一匹五百円ですけど」
漁師女X「ふうん（と空で計算するように）」
トシオ「煙草、ないかい？」
移動男「何やろ」
トシオ「ショートホープ」
移動男「今度、入れとくけど」
トシオ「そうか」
と、小走りにかけ、噂の辻に行き、自動販売器で、ショートホープを買う。
流れ鍛冶屋、ガスバーナーの火を調節しながら、近寄った大男のトシオを
見る。
トシオ、駐車場の中のオートバイに眼をやる。
達男が基視子のいる喫茶店の方から歩いてくる。ポケットに手を入れ、股
間が勃起《ぼっき》したようにつくり、くっくっ身をよじって笑う。

トシオ、親指を立てて、笑い、うなずく。
移動男、Xにパンを一斤包みながら、

移動男「あのあたり、県の海中公園つくるというとったところやろ、綺麗なとこで、重油らまいたら、下の珊瑚《さんご》も、貝も、魚も死んでしまうのに」

猿を見ていた若衆らの中から、ワッと声がする。笑い声がひびく。
バタバタとオートバイの音がする。二台のオートバイに、達男とトシオがまたがり、アクセルをめいっぱいふかして、駅の坂道を駆けあがる。(それが無理だったら廻る)

若者K「おれのオートバイ、良太、おまえのも」
良　太「くそっ、買うたばっかしじゃのに」

そこに居あわせた者ら、唖然として見る。
バリバリと音をさせて、達男とトシオ、二木島のトンネルの方へ走り出す。

34　トンネルの前

二人のオートバイ、猛スピードで駆け抜け、トンネルに入る。

35　トンネルの中

達男のオートバイ、トンネルを走る。
トシオのオートバイ、途中で見えなくなる。

36　トンネルの外

達男のオートバイ、トンネルを出、カーブのところの、人夫Cがまきを割っている前で、急ブレーキをかけ、まるで暴走族のように止まる。

達　男「あれは昔から、ガラだけでかいが、どくさい（＝トロイの意）さか」

オートバイの方向を変え、トロトロとトンネルに入る。

人夫C「誰ない」

達　男「一緒に入ったんじゃが、出てこん」

人夫C「何ない」

37　噂の辻

泥だらけになり、スリむいたトシオ、オートバイを押しながら走ってくる。

達男はオートバイに乗っている。

トシオ、そばに来て、癇癪《かんしゃく》をおこしたようにオートバイを離す。オートバイ、トロトロと走り、倒れる。

若者K「俺のオートバイじゃのに」

トシオ「うるさい、俺は痛いんじゃ」

38　崖の上（夜）

基視子「（くっくっ笑い）悪い男らやねえ、昔からあんたら二人は、ちょっとも変わらん」

達男「俺、変わらんかい？　おまえ知っとるのは、十四のときの俺じゃのに」
基視子「そんなことと違う、悪さするのが、と言うとるの、皆な言うとったよ、女房もおって子供も二人いると思えんようなことする言うて」
達男「お前は変わったというんかい」
基視子「（小声で）ちょっと痛い」
達男「久しぶりじゃたというんであるまい」
基視子「綺麗なんねぇ。船で廻ったら新宮とここはつい眼と鼻の先やのに、わたし、今、十四のあのときにもどった気する。わたしら他所から来た子やったさか、なかなか村の人らに相手にしてもらえなんださか、決心したんよ。あのとき、好きで好きでたまらなんだの。わたし、ついてまわったん。昔、達ちゃん、キラキラ光っとったんよ。うち、血がどっさり出て、ズロースよごしたけど、達ちゃんについてしもて、それでおばさんに見つかったらどうしようと、心配したんやから」
達男「イカ釣りに連れたろか？」
基視子「もっとそばに寄って」
達男、身を寄せる。達男をかかえる基視子。
基視子「何か、心もとないの」
と、達男の首すじに顔をうずめる。

基視子「山の匂いするんやねえ」
達　男「木切ったり、枝落としたり、草刈ったりしとるさか」
基視子「奥さん、この匂いかいどるんやねえ、（突然、笑う）奥さん、あのおとなしサッちゃんやろ、昔から、あんた惚れとったの分かったわ、わたしとのことは、義理ナントカで、さっちゃんにやったら手すら握れなんだやろ。どうせ、わたしは他所から来た子やさか、したてもかまんと思て、したんやわ」
達　男「象が来たの、覚えとるか？」
基視子「違うの、うち、あんたをいじめとるのと違うん。昔から、子供のときから、人に惚れられるようにできとる色男やったと言うとるの」
達　男「そんなこと、どこで憶えとるんない。ここかい？」
基視子「いや」
達　男「白状せえよ」
基視子「いや」
達　男「かまんやないか、誰もきいとらせん」
基視子「（消え入るように）いや」

遠くで、バシッとワナの落ちる音。
達男だけには聴こえて、基視子には聴こえない。

39　埠頭（早朝）

火をつけたイカ釣り船が何隻も入ってくる。
無線の音。
漁師ら、煌々《こうこう》と灯りをつけた漁協に来て、荷を降ろす。

山本兄「えらい音じゃ、ガーガー言って」
若　衆「そこの魚、ミドリ屋じゃ、そっちそっち」
若衆Ｄ「（足で箱を蹴り）これじゃこれ」
仲買いは札を入れてから、顔に絆創膏《ばんそうこう》を貼ったトシオに、「兄さん、これじゃ、これ」
仲買い、あきれ返る。
若衆Ｄ、笑い入る。
トシオ、腹立ったように、Ｄにむかって魚を投げる。
トシオ「われ、やれ」

40　埠頭前

夜明け寸前、暗い。
達男がひたひたと歩いてくる。
中で働いているトシオ、達男を見て、親指を立てる。

達男、ズボンのポケットに片手をつっこみ、勃起した性器の形をつくる。

山本兄「（トシオに）何しとるんじゃ」

トシオ「うるさいわい、ホコラの後にでもひっ込んどけ」

山本兄「あんな悪いやつらにつきおうとったら、しまいにエライめにあうど」

トシオ「ほれ、これやるさか（魚を三匹、箱の中からつかんで、かかえさせる）、あっちへ行け」

車が一台、来る。〝浜村山林〟とある。

達男が乗り込む。

車、走り出し、〈噂の辻〉で、良太、人夫A、乗る。

車はトンネルに入る。

41 山の中

枝落とし作業の現場。

働く達男。達男の汗。

下から吹き上がってくる風。

汗をぬぐう達男を見ている良太の眼。

42 山の中の岩

達　男「（肩をみせ）傷跡ないじゃろ、われながら感心する」
人夫C「（あたりを見廻り）かまんじゃろね」

ズボンのポケットから煙草を取り出し、火をつける。
良太が下から上ってくる。

良　太「アニ」
達　男「なんない（ふりむく）」
トシオがしたように、親指をつき出す。
達　男「何ない、女でもおるというかい？」
良　太「かかっとる」
達　男「そうか」
と、良太の方へ歩く。
人夫ら二人、下のワナの方へついていく。
達　男「おお、かかっとる」
人夫A「えらい潰れようだ」
達　男「俺が教えて、良太が自分でかけたんじゃ」
良　太「猿もこんなになるじゃろの」
ワナを見ていた人夫Bの顔がくもる。
しゃがみ、ワナに手でふれ、引っ込める。
榊の木でワナをつくり、榊の葉を擬装用にしている。

人夫B「おまえら、えらいことしてくれた、（ワナを手で動かし）榊じゃ、神様の木じゃ」
　　達男、鳥を手ばやく取り受ける。血が手にしたたる。
　　風がざわめく。
達　男「かまん、かまん、山の神サン、俺の彼女じゃ」
　　と、血を腕になすりつける。
良　太「（驚く）知らなんだ」
達　男「知らんことあるもんか（笑う）」
　　人夫ら、唖然としている。
良　太「神サン、恐ろしんじゃったら」
達　男「われ、何しとる、早いこと見せて、喜ばせんかい」
良　太「何を見せる？」
達　男「（良太をこづき）相手は女じゃ、女。俺はかまんのじゃ、おまえ、神サンの木、てんごうしたんじゃさか、マラでも見せて、謝らなんだら」
人夫A「こんなんでかまんじゃろか、がまんして気しずめてくれるじゃろか」
　　達男、高笑いする。
人夫B「（達男を見ていて）恐ろし男じゃ」
達　男「何を」

良太、困惑しきったように、ズボンを脱ぎ、パンツを脱ぐ。
達男、笑い入る。
人夫ら、真顔であたりを見る。

43　山の下の斜面
男ら、下への道をおりていく。
人夫B「達男らと組めん」
達　男「おお、かまわん、俺ア、別のやつと組むわい」
人夫C「みんな、おまえを可愛い、可愛いできたさか、神さんまで可愛いと言ってくれると思うんじゃ」
達　男「おうよ、俺しか、神さんを女にできるもんか」
人夫C「(立ちどまって、腹立ったように) ええかげんにさらせ」
良太、うなだれている。

44　下の家に行った人夫

人夫C「酒あったら一合でもええじゃけど」
女　「あったと思うけど、(中に入り) あった、あった」
人夫C「おおきに」
良　太「おおきに」

45　道路工事現場

土方らが見ている。

良太が坂の途中で、人夫らの動きを見ている。

人夫らその家から、一升瓶を持ってきてから、達男、家の方に行き、女と話し、後の方に廻る。

人夫ら上りかかって、達男を待つ。

達男、良太が自分をじっと見ているのをみて、例の合図。ポケットに手をつっ込み、勃起した形をつくる。何となく理由が分からぬまま、トシオの真似をして、親指をつき出す良太。

達男、小走りにかけて、若者のように、良太の肩に手をかけ、
達男「立ったまましたことあるか、と訊いたら、あからめるんじゃ。今度、ひとりで来るさか、と言うたら、俺に水汲みながら、こそっとうなずく」

46　山の中

人夫ら酒をふりかけ、清め、祈る。

良太、人夫らに合わせて手をあわせ、達男を見る。

47　道路工事現場

枝打ちをする。

良太、緊張している。人夫ら、緊張し、黙り込んでいる。
風向きが変わる。あれっという顔で、達男が空を見る。
雲が早く動いている。
風景が大きく変わってみえる。

48 二木島・スナックの裏

山本の兄さんに基視子しなだれかかる。

基視子「本当のオジさんみたいや」
山本兄「わし、本当は、金動かそと思たらできるんやけど」
基視子「そんな大きい金、わたし分からん」
山本兄「このあたり、考えようによったら、これからじゃの。海中公園じゃろ、波田須のあたりにホテルじゃろ、あそこは、原発が来るという話もあるの、波田須や新鹿のあたり、金あったら、みんな空家買うとるんじゃ」
基視子の姉「兄さん、帽子」
山本兄「あっ、帽子じゃ」
基視子の姉「おコンコンさま、怒ってくるで」
山本の兄さん、むっとする。
基視子「(小声で)後で、待ってて、わかっとるやろ、あそこ」

姉　「基視ちゃん、ちょっと」

　　山本の兄さん、歩き出す。

基視子「（姉のそばにより）何やの、自分の亭主取るかもしれんというヤキモチだけやと思たら」

姉　「ええかげんにしてよ」

基視子「何がやの」

姉　「ここ田舎やから、あんた前もそんなことしてここおれなんだやろ」

基視子「どっちや、どっちが男とったの、人になすりつけて」

マスター「（奥から）おい、お客さんやど」

　　基視子と姉、表情が変わり、二人顔みあわせて笑う。

49　噂の辻

　　良太、山本の兄さんがふらふら崖の方に行くのを見る。

若衆Ｋ「どっちに乗る？」

ミーコ「どっちて、こっちに決っとるやないか」

　　と、良太の胴に腕を巻きつける。

若衆Ｋ「勝手にさらせ」

良　太「ミーコ、Ｋのほうに乗れ、おまえ、もうあきたんじゃから」

ミーコ「ふん」

腕を離し、おりる。

若衆K「ミーコは俺に一回しかさせてくれてないさか」

良　太「俺はあきたんじゃ、立ったまままさせてくれるんじゃったら乗せたる」

ミーコ「どヘンタイみたいこと言うて」

また、腕をまきつける。

エンジンをかける。

トンネルを抜け出る。トンネルの中で歩いている鍛冶屋に出くわす。トンネルの中でどなっている鍛冶屋。

車で木本へ抜ける。二人が駆け抜けると、鬼が城のドライブインにたむろしていたオートバイの集団が、後をついてくる。

ミーコ「(後をふり返り)来たよ、来たよ」

二人、スピードをあげる。

だが、集団は二人に追いつく。二人の周囲にオートバイがまといつく。パトカーのサイレン。オートバイの集団は二人をあきらめ、先に進む。

オートバイの二人は、交差点を曲がり、パトカーをまき、熊野市の前に出る。

ミーコ「降ろして、(良太が聴かないと後ろから殴りつける)降ろせ、意気地なし、ヘンタイ」

車は倒れる。

50　犬の訓練所

達男、一人で犬の小屋の前に立っている。
犬がうれしげに廻る。
犬の檻をあける。
犬はとび出てから達男の周りに来て、達男の命令を待つ。
子供ら二人、歩いてくる。女房が歩いてくる。

女房「怒らんと聴いてやってほしい」
達男「(犬をなでながら) ムシャクシャするんじゃ」
女房「山本の兄さんは、あれが商売やから言うとるんよ」
達男「海中公園つくって、海の底みて、何がおもしろいんじゃ」

達男、犬に「行け」と鳥がとび出たあたりを教える。

女房「(笑う) あんたが、犬みて心安らぐように、魚みとったら、みんな心安らぐ。子供らもそんなんできたらええというし」
達男「分かった。行て話、聴いたるわい」

51　家の前

犬と共にいる達男。
山本の兄さん、懐手に出てくる。

達　男「われ、俺の親や兄弟にろくなこと吹き込んどったら噛み殺さすぞ」
山本兄「（ぎょっとして）殺すじゃいうて」
犬が近づく。
達　男「吹き込むな」
山本兄「わしを殺すというんかい。（大仰に）恐ろしよ、恐ろしよ、（涙声になる）わしを殺すというておどすんじゃ、わし何にもしてないのに、ブローカーしとるだけじゃのに」
達男、舌うちする。
山本の兄さんの声を聴いて、姉らが出てくる。
母「達男、あんまり怒ったりしたらあかん」
姉　A「兄さん、達男を怒らせんといて欲し」
山本兄「わしを殺すというんじゃだ」
姉　B「兄さん、またにしょうれ、うちは、誰が何言うても、達男も母さんも首をたてにふらなんだら、土地らを手離すわけにいかんのやから」
山本兄「わしを殺したる、と言うんじゃ」

52　家の下

達男と犬、海中公園ができる予定という家の下の草むらの中を、最初、散策するようだが、そのうち走る。

53　噂の辻（早朝）

神社の方へ行く。

パトカーが止まっている。

漁師と山本の兄さんの姿。

54　早朝の湾

日がのぼりはじめる湾。油をまいたように光る海。

そこだけが違った色に見える。また重油がまかれている。

伝馬船がいそがしく行き来する。

漁師らと買いつけの男らの立ち話。

達男が歩いてくる。トシオが棒立ちになってみる。

達男、例の勃起の合図をやる。

合図を返さないトシオ。

漁　師「(床に散らばった魚を集めながら、トシオに向かって) あいつしかないじゃろ」

トシオ「(きょとんとして) あいつがね、……ろくでもないことを言いくさったら」

と、漁師の胸ぐらをつかむ。

漁　師「なんじゃ」

トシオ「なんじゃとは何じゃ」

漁師、冷え切った眼で達男を見る。

車が来る。達男乗る。

噂の辻にきた良太がトシオと眼が合い、達男と同じ例の合図をつくる。

トシオ、意味がわからず茫然とする。

漁師A「ひどいことするやつがおるんじゃ」

漁師B「遊木に渡船の釣客来ると思て、他所のやつじゃと思たが二回めじゃさか、漁師に敵意持っとるやつらじゃ」

55 油の海

漁師、ぬらぬらしてすべりかかる。

漁師手ですくう。手に油がべっとりとつく。伝馬船が来る。

伝馬船の漁師「(重油缶を見せ、達男の家の下を指さし)そこの草むらにあったんじゃ」

漁師、重油缶を伝馬船にたたきつける。

残った重油がどろりと流れ出る。

56 山の中の下の家

下の家から達男が出てくる。

すばやく山に入り、斜面をのぼってくる。ふと立ちどまる。枝を折る。バシッとワナが落ちる。そのまま走る。また、立ちどまる。今度は太い枝を折り、枝の太いほうをさし込む。猿を取るためにしかけたワナのようなものがバシッと落ちる。足先でも突っこめば足が砕けてしまうような勢いに別なことを考えたように、

達男「良太、立ったまましてきたぞ」

ニヤッと笑う。

57 現場

達男の腕、枝を払う。水を飲みに渓流におりる。渓流にかがんで水を飲む。にやりと笑う。

58 埠頭（夜）

達男「こっちじゃ」

と、基視子の手を引く。

闇の中で音が立つ。エンジンをかけ、船が走り出す。

達男「トシオの船、借りたんじゃ。もうすこし沖へ行こらい」

船のエンジンを止めてから、ライトをつける。

基視子「まぶしい」

達男「消そかい」

基視子「ええんよ」

達　男「釣り道具も借りてきた、（道具を出しながら）トシオのやつ、機嫌悪いんじゃ」
基視子「皆んな変な噂に狂とるんやよ、あの山本の兄さんが、うろうろして、達ちゃんに殺されかかったというとるさか、おコンコン様の裏に住んでるのに。また提灯《ちようちん》行列でもせんならん言うの」

達男、釣り鉤を放る。引き上げると、イカのひっかかった糸がライトに当たる。

59　過去（短いフラッシュバック）

提灯の明り。電車が通る。少年たちが手を振っている。（無音。エンジンの音）プロペラの音。水上飛行機が空を旋回し、垂れ幕をなびかせている。開通おめでとう、と字がある。手を振る少年の向こう側の海に飛行機は降りる。

60　達男と基視子の乗った船

灯りを消している。ゆらゆらゆれる。

61　埠頭

エンジンを切って、船近づく。基視子が船から降りる。
基視子「そのバケツ」
達男、イカの入ったバケツを渡し、それから船から降りて、船をつなぎ止める。達男、立ったまま基視子を抱く。

噂の船までバケツを持って基視子を送り、達男、帰る。

62 噂の辻

流れ鍛冶屋が、台を置き、道具一式広げ、包丁を研いでいる。丁度、昼下がりで人夫らが山から戻ったのだった。

網を繕っている漁師らは、うさんくさげに人夫らを見た。

人　夫「この斧、いくらない」
鍛冶屋「いくらでもええんじゃの、わし、ここへ歩いてくるさか」
人　夫「歩いてくるんかい」
鍛冶屋「昔からそうやが、だいたいこの近辺は歩いてやの、そうやんで、値段かまんのや」
人　夫「二千円ぐらいにせんかい」
鍛冶屋「元値が二千円ぐらいやの」
人　夫「ほしたら三千円」
鍛冶屋「三千五百円はほしの」

見ていた達男、笑い出す。笑い出す達男を見ている眼。ワーと声がするので、達男、歩いて保育園の方へ行く。

女の先生が園児を引率してくる。達男の顔を見て、子供が駆けてくる。女の先生が達男に黙礼する。達男、隠れるように親指を突き出す。子供が真似をする。
人　夫「今、帰りか?」
子　供「(頷《うなず》く)ＵＦＯ見たよ」
達　男「ほうっ、そんなのあったかい」
子　供「神社の方から飛んできて、学校の方へ飛んだんや」
達　男「どんなんな」
子　供「こんなん」
向こうから女房が迎えに来たのを見て、達男が「ほら、行け」と子供の頭を押さえつける。
子　供「ＵＦＯ、ＵＦＯ」
と、走る。

63　海の上

音楽。

64　山の中

音楽。
木のざわめき。そして、暗い森に入る。

65 船の上（夜）

達男が乗り、基視子が達男に手を引かれて乗る。

達　男「（押し殺した声で）ホラッ、後じゃ」
基視子「クックッ（笑う）」

暗闇の中から良太が現れる。

良　太「アニ」
達　男「誰ない、良太かい」
良　太「オレも連れてくれ」
達　男「乗れ」

66 沖の船

月明り。灯を落としている。

基視子「よう分かったなァ」
良　太「俺、アニのすること、何でも知っとる」
達　男「猿かかったかい？」
良　太「まだ、（考えて）もうじきや」
基視子「猿なんか獲っとるの、幾つになったん？」
達　男「十七か十八じゃろ」

良　太「十九」
基視子「うちと達ちゃんなァ、昔、恋人同士やったんよ、うちが十二、この人十四、それぐらいから、できとったんよ」
達　男「いじめるな」
基視子「(クックッと笑う) あんた、幾つで、したの? まだ?」
良　太「しとる」
基視子「もてるんと違う? 何人、彼女おるの?」
達　男「そこの餌取れ、釣りに出て、釣らんと帰ったら、疑いが深《ふこ》なる」
基視子「サッちゃんと、かけもちやから」
良　太「姐さんも幾つもかけもちしとるんじゃろ」
達　男「むつかしこと言うな、どうせ、おまえもこれが気になってしょうがない口じゃろよ、良太、あかりをもうちょっと落とせ、それで、ずっと沖まで船出せ」
基視子、涙にむせて首をふる。
船は走りはじめる。
達男、上衣をぬいで床に敷き、裸になり、おおいかぶさった基視子に圧《お》されるように、倒れる。

67　薄明りの船

ゆらゆらゆれる。

月。

68　埠頭

サーカスの音楽。

黒山の人だかり。象が、陸上げされようとしている。

子供らが、日の丸をふっている。

祝紀勢線全線開通

子供の一人が象の腹にかけたタスキをみて、「かいつうおめでとう」と読む。

象は陸にあがる。男の子と女の子。ピエロの手で、象の背中に乗せられる。

チンドン屋の先導で象はゆさゆさと、二木島の新しい駅に向かう。

象がのぼり切ってから、テープカットがされ、薬玉《くすだま》が割られ、紙ふぶきが舞う。その紙テープかたまって空にとぶ。子供らそれをつかみあい、男の子、女の子に巻きつけようとする。女の子、それを取って男の子にまきつける。

69　崖の上の茂み

基視子「(札束を山本の兄さんにおしつける) 心配せんでもええよ」
山本兄「貸すぐらいかまんのじゃ (おしもどす)」
基視子「本当のオジサンみたいに思とるのに」
山本兄「そうじゃから使うけと言うんじゃ、間に合うようになったら返してくれたらええ」
基視子「そうやけど……」
山本兄「ええんじゃ」
基視子「おおきに、また、世話になってしもた……いっつも貧乏くじ引くんよ、前も、うち何にもしてないのに、ひどいこと言われたし」
山本兄「皆んな性根悪りんじゃ、自分らどんづまりのここにしがみついとるさか、他所から来たもんに、尻《けつ》を持っていくんじゃ、山でも本心は、売りたいというのに、そのうち、道つくようなるというて、売りしぶるんじゃさか」
基視子「こんだけあったら、スナック『愛人』の借金返せる、(山本の兄さんにしなだれかかり) もう、いや、スナック、町でやっとったら男寄ってくるけど、もうこりた」
山本兄「寄ってきていやがらせしたら、わしに言うたらええわ、昔のブローカーいうたらヤクザやだ、わしだけであかなんだら何人も、本物知っとるし」
基視子「姉ちゃんとこにいつまでおってもしょうないしな、うれしい、あの男の借金返して、また店できる」

山本兄「男ら寄せつけたらあかんど」

基視子「うん」

下から移動パン屋のメロディー聞こえる。

基視子「（あわてて）もう帰らな、ニイさん、先におりていて。二人でおりていたら、また、噂される」

山本の兄さん、言われるまま崖からの道をおりてゆく。見えなくなってから、基視子、札束をかぞえ、笑い、胸の中に入れる。一人笑いし、ふと、茂みに誰かがいる気がする。がさっ、動く。

基視子「気のせいや」

歩き出して、ふと立ちどまる。五百円札が置いてある。バナナの実、赤いルビーのような実。手を出してとろうとして、ふと気づく。それは誰かがしかけたワナだった。はいていたサンダルを脱ぎ、よしやってやるというように真剣な様子になって、ワナのしかけの木の棒を、チッとつついて、素早くひっ込める。

基視子「あっ」

間にあわない。サンダルの真中に、バシッとワナが落ち、サンダルがくの字に折れまがる。

基視子「（五百円札をとり）畜生、（どなる。まるで誰か見ているように）千三百円もしたんやど、畜生っ」

と、蓮《はす》っ葉《ぱ》にどなる。

70 噂の辻

自動販売器の前。

漁師女A「コーヒー牛乳、売り切れとるよ」

漁師女B「ええわ」

漁師女もどり、流れ鍛冶屋の前にくる。

包丁の箱がつんである。

漁師女A「知らんのやろねェ」

漁師女B「知っとったら、言うやろ、あそこも一人しかおらんのやさか」

漁師女A「女のきょうだいばっかしじゃから、おとなしくなるのに、特別に悪りんじゃさか、もうええ年じゃのに」

漁師女B「わし、トシオに言うたの、漁せんものに商売道具の船ら貸すものあるか、とゆうて」

漁師女A「トシオもあの女にあやつられとるんよ、パンパンらに」

漁師女B「はじめはアタガシ一匹でさせてくれた言うとったで（笑う）」
漁師女A「安いわだ」
漁師女B「そのうち、高いもんにつくんよ」
鍛冶屋、蝙蝠傘《こうもりがさ》をかかえてもってくる。坐り、一本、傘をひろげ、ガスバーナーをつける。折れたところを点検してから、布を結んだ糸をほどいて、折れたところにガスバーナーをあてる。
銅線で折れたところをあてる。
船の上の漁師「おーい」
二人、歩き出す。

71　雨

広げた傘。
海も雨。
家の方から、達男が走って、青年会館の方へ行く。
中で、良太の首を股にはさんで締め上げていたトシオ。
達　男「えらい雨じゃ（入っていく）」
トシオ「アニ、今日はどんな話してくれるんない（顔をあげる）」
良太、首をしめられ、身動きがつかず、顔をまっ赤にしている。

達　男「われ、離せ（不機嫌に）」
トシオ「カカに締め上げられてきたんじゃの」
もがく良太。
達　男「離したれ」
トシオ、良太を離す。良太、とび離れ、遠くから、トシオに廻し蹴りをかます姿勢をとり、
良　太「臭い股じゃ」
トシオ「われ」
と、良太につかみかかる。
逃げ廻る良太、女の裸を描いたマンガ週刊誌を読んでいた若衆らの前を走り、便所から出てきたKの後に廻り、Kを盾にして逃げまどう。
トシオ「われら、座蒲団まで臭ならしたくせに」
良　太「Kじゃ」
K「違う、良太が、したんじゃ、そのマンガでふいたんじゃ」
マンガを読んでいた二人、顔を見合わせて、いきなり雑誌を放る。
二人立ちあがり、トシオに加勢するように、良太とKを取り押さえる。
K「アニ、くすぐるな」

漁師H「しみがべったりついとると思ったら」
良　太「（笑い入りながら）俺じゃない、Kじゃ」
達　男「いつまでもうるさいガキらじゃ、トシオ、酒、買うてこい」
トシオ、けげんな顔になる。
トシオ「（Kに）おい、酒買うてこい」
達　男「われ、俺から言われたんじゃさか、行てこい」
トシオ、しぶしぶ、ポケットに手をつっ込む。
若衆ら成り行きに、気後れしたようにおとなしくなる。良太だけ、くすくす笑っている。
達男、トシオに金を渡す。
達　男「しばらく止む気配など、山行ても、土砂ぶりじゃ」
良　太「アニ、（親指をつき出して）これ、できるの、連れてきたろか」
達　男「いらん、いらん」
達男、ふと思いついたように外を見る。
良太とK、首をすくめる。
達　男「海中公園にするんじゃと、看板かけるんじゃ、神武上陸の地じゃと、くそ、海の中が何が面白い、海から上がったの何がえらいんじゃ」

良太「アニ、猿、かかっとるか分からんの、雨じゃったら、安心して出てくる」

達男「ドーンと道つくのは悪りことないんじゃが、ムシャクシャする、クソッ、ようし」

一升瓶かかえて、雨に身をかがめながら、戻ってきたトシオをつかまえる。

ビンを受け取り、つつみをあけると、栓は抜かれ、二合ほど減っている。

「ヘッ」と、トシオ笑う。

達男、こづく。

若衆、中から、湯呑みをもってくるが、達男は立ったまま一升瓶からラッパ飲みし、トシオに渡す。

トシオ飲む。

トシオ「うまいのう」

もう一口、飲もうとする。

達男「(トシオを止め)まわしたれ」

四人の若い衆、一杯ずつ飲む。

良太「くれ」

と、二杯目を受けようとするが、若い衆の手から、瓶をトシオが取り上げてしまう。

トシオ、飲む。

トシオ「アニ」
達男が瓶を受けとって飲み干す。
トシオ「買うてこさすかい」
達　男「(頷く)」

72　埠頭
良太を含む若衆三人、達男、トシオが船に乗っている。

若い漁師、一升瓶を抱えて雨の中を来る。

トシオ「おおい、ここじゃ」

若衆、小走りにかけてくる。遠くから、何人もの人が、六人が船に乗って何をするのか、と見つめている目がある。

トシオ、酒を受け取ると、トモヅナを解きかかる。中から、パンツ一つの良太が、顔を出し、手まねして早く乗れと合図する。

若衆、船が動きはじめるので、あわててとび乗る。

73　禁区の船
祭りに供えるアタガシを釣る禁区に船を入れ、エンジンを切る。

皆、裸だ。

達　男「ほら、とび込め」

と、トシオと一緒になって、若衆らを海の中へ蹴り落とす。
達男とトシオ、瓶の中の酒を飲み始めたので、若衆ら、二人にどなる。

若　衆「アニら、飛び込め、べベシイ」
ラッパ飲みする達男に、

トシオ「アニ、あいつら、溺れやそら」
達男、ふと風景が違って見えるのに気づき、船に立つ。達男は素裸だ。

若　衆「とび込め、卑怯やど、とび込め、アニ、とび込め、バチ当たるの恐ろしいんか」

トシオ「何を」
トシオ、耳と鼻をおさえ足からダイビングする。抜手を切っているつもりだが、泳ぎは下手。若衆の一人に近寄り、若衆は素早く逃げる。
良太が船に近寄る。

良　太「(舳先《へさき》に手をかけ)アニ、とび込め」
達男、声に気づいたように、トシオとはまるで逆で、頭からとび込む。長い間もぐる。

K「(突然)うわっ(沈みかかる)」
良太、間が抜けた顔で、船の縁《へり》につかまっている。

74　若衆宿

区　長「どういう了見か言うてみて欲しんじゃ」
トシオ「寒い（合図する）」
　若衆ら体を震わせ、そのうち笑い出す者いる。
達　男「落ちたんじゃよ」
区　長「酒飲んで、しかも皆が神さんの御供《ごく》を釣るとこに落ちたんかい」
達　男「一人落ちたの、救《たす》けよと思て落ちたんじゃの」
トシオ「俺が落ちたんじゃ、一人じゃ上がらんさか、皆で救け上げてくれた」
区　長「女房、子供おって、それが一人前の男のすることかい」
達　男「つべこべ言うな、（若い衆らに）ほら、中に入って風呂わかせ」
　若い衆ら、区長をつきとばすように、中に入る。区長、トシオが中に入ろうとするのを前に立ちはだかって止める。
区　長「お前漁師じゃろ、陸に上がったもんと違て、あかんもんはあかんと分かるじゃろ、祟りでもあったら、どうする」
トシオ「落ちたんじゃ、つべこべ抜かすな」
　区長に体を圧しつけるようにして、中に入る。
達　男「若い衆らに塩まかれんうちに帰れよ、文句言うてくる暇あったら酒でも持ってこい」

75　犬の訓練所

基視子、駆けてくる。

犬の吠える声がする。

基視子、犬の訓練所を探すように周囲を廻り、仔犬が金網に寄ったのを見て、しゃがんで仔犬に話しかける。

基視子「あの人、どこへ行った？」

仔犬ら答えない。

基視子、思いついたように、仔犬の檻をあけはじめる。

仔犬、吠える。

基視子「やめた、イッー」

来たときとは違う様子でトロトロと道を引き返しかかる。

女が一人（サッちゃん・女房）、傘をさして、餌の入ったバケツを持って見ている。

それを達男が木の陰から見つめている。

女房が訓練所の方へ歩き出してから、達男、上衣の襟を立て、そこから走り出す。

その姿は、体に何かが鬱積《うっせき》しているように見える。若いといえば若いが、すでに人生のカーブを切ってしまっている男である。だが、女房や子供、母親、という関係の中には収まり切らない〈たぎり〉のようなものがある。

76 駅の下

スナック（店）の脇。
達男、走ってきて、汽車が、今出ようとするのを見る。
タンタンタンとサーカスの歌をうたい、ボクサーのフットワークのように動く。

77 山

霞網《かすみあみ》にかかった椋鳥《むくどり》。
達　男「子供はかわいど、女房もええもんじゃ」
良　太「こいつら眼がとろいんじゃろの」
椋鳥を霞網からはずし、ポンポン投げる。
達　男「ワイワイさわいどってかかったんじゃ」
人夫B「（後から来て）ようけかかったんじゃ」
達　男「小屋掛けしたときじゃったらよかったんじゃけど」
人夫C「そうはうまい具合にいかん。達男に惚れてくれとる神サンでも、そこまではめんどうみん」

人夫A「（斧で木を削りながら）これはええ斧じゃ、あれ、自分で焼き入れるかして、丁度ええ具合じゃ」
良　太「あの蝙蝠傘屋かん。あっ、こいつ生きとる」
椋鳥を置く。
椋鳥、倒れる。
良　太「死んどるのか」
達　男「（ちらっと鳥に目をやり、自分の考えに戻って）女房もええもんじゃ。母親も姉らも、わしに、何しとるんじゃ、女房、陰で泣いとるの知らんのか、というんじゃが、わし、悪いことした覚えない」
人夫A「も、ちょっと、人並みになれと言うんじゃ」
良　太「アニの、デッカイの、ウマ並み」
人夫A「（いきなり良太をこづく）ガキのくせに、てんごう言うな」
達　男「アニらチェーンソー使うたら手首痛なる、白蠟病になるというが、わし、何でもない。病気にでもなったらええじゃけど、風邪も引かん」
人夫A、あきれたようにチッと唾を吐き、
人夫A「そろそろかかろうか」
達男、立ちあがり、人夫Aの後を追い、話があるというようにそばに寄る。

達　男「アニ、白状するんじゃ、女、俺に他所へ行て住もうと言うんじゃが、やめた」
人夫Ａ「下の後家かい？」
達　男「基視子じゃ」
人夫Ａ「（チッと唾を吐く）あの売女《ばいた》、アタガシ一枚で股ひらいたのが」
達　男「昔から俺、あいつに悪りことしとるんじゃ、あれ、二木島におれんようにしたの俺じゃ、俺につきまとってうるさかったさか、何人も大人にやらしたんじゃ」
良　太「アニ、どうする」
達　男「（振り返りもせずに）持って帰るんじゃさか、袋にでも入れとけ」
良太、むかっ腹たったように唾を吐く。
良　太「行け」

78　店

仔犬が先を駆ける。
店の前に来て、良太止まり、ドアをあけて中をのぞく。マスター、カウンターで新聞を読んでいる。
良　太「持ってきたったの、食《く》たかい」
マスター「焼き鳥にしたったった、皆、うまいと喜んどった」
良　太「ふーン（ドアを閉める）」

79 崖の途中

良太、仔犬に口笛を吹き、店の前から、崖の方に走り出す。途中で止まる。

そこから見ると、基視子は駅のホームに立っている。

良太、ピューと口笛を鳴らす、と基視子は周囲を見回し、良太に気づいて手を振る。


基視子「ちょっと新宮まで行ってくる」

おりしも、汽車が入ってきたので、声が消される。

手を振る基視子。

80 ホーム

基視子の笑い顔がふと消える。

中に入り、汽車の窓から、外をのぞき込む。

81 崖の途中

良太が手を振っているのに、手も振らない基視子を不審に思い、ふと、上の方を見、良太は、身を伏せる。

山本の兄さんがウロウロしている姿が見える。良太、気づかれぬように茂みの中を通って、ワナのところに出る。

山本の兄さん、トロトロ上がり、

山本兄「（独り言で）田中の闘鶏場じゃの、そうやの」

良太、笑い出しそうなのをこらえ、伏せ、犬をなぜてじっと見つめる。

ワナのところに来る山本の兄さん。

山本兄「こんなとこに鳥死んどる、あれッ」

動きが止まる。ソロソロと動き出すように、
山本兄「五百円、二枚も落ちとる、くわえてきたみたいや」

手をのばす。

良　太「（犬に）行け！」

犬、とび出す。バシッと音が立つ。「ワーッ」と声がする。犬が吠える。

良太、「ワーッ」という声と、犬の吠え声を耳にしながら、下に降りかかり、元の場所に来て、犬を呼ぶ口笛を吹く。

82　入口

入口まで降りてくると、移動パン屋が来る。そのメロディーを口笛で吹きながら、良太、パン屋の後について走る。

追う仔犬。パン屋からハムを買う。犬に与える。犬、くわえて走りかかり、呼ぶと、戻ってくる。足元で犬は歓喜を示しながら食う。

83　犬の訓練所

仔犬、達男を見て、走り寄る。良太、仔犬と同じように達男の方に全力で駆け出す。

息を切らせて、達男のそばに立つ。

達男「ええ顔じゃろ」

良太「(息を切らせながら頷く) アニ、猿、かかった」

達男「後で見に行たる。ちょっと運動させよと思うんじゃ」

良太「逃げ出すかも分からん、音がしたんや、バシーンと」

良太を見る達男。

良太「(真顔で) 音、耳で聴いたんじゃけど」

達男、山の方を振り返り、耳をすます。

声が聴こえるように、鍵をしめ直す。

仔犬をゲージに入れる。

良太「すぐ行くかい」

達男、黙ったままゲージの鍵をしめ、歩き出す。

84　崖の上

山本の兄さん、左手をはさみ、身動きつかない様子でいる。

良　太「あっ」

達男、良太にかまわずすすむ。

山本兄「(力なく) わし、右手の方が、リウマチかかってから力出んのや」

達男、山本の兄さんがその右手に、五百円札二枚持っているのを見る。そして、ワナを切る。

達　男「(良太と山本の兄さんを見て、つぶやくように) 百姓するやつらが、猿とりのワナをしかけたんじゃ」

良太、一瞬笑いが走る。

山本の兄さん、ふらふらと起きあがりかかり、ぺたりと坐り込む。

山本兄「痛いの何のというて、声も出やんようになった、奥歯抜けたときよりももっと痛い」

達　男「(山本の兄さんの腕を動かす) 痛いかい」

山本兄「痛いけど、もうわからんの」

達　男「歩けるかい」

と、起こしにかかる。

山本の兄さん、抱き起こされ、ふと達男を見る。

達　男「(良太に) 腕、折れとるんじゃ」

良太、犬のように後からついて歩く。

立ちどまり、枝を折り、茂みの中をつつく。パシッとワナが落ちる。

85 二木島のホコラ

後から、車が来る。

山本兄「ワシ、鞄《かばん》取ってこなあかんのじゃ」

達　男「俺が行たる」

山本の兄さんを離す。

山本の兄さん、ふらふら倒れ込み、ホコラの塀に倒れかかる。

山本兄「あかん」

体が動かない。

車が後から来てクラクションを鳴らす。

山本の兄さん、ギクッとする。

達男、ホコラの後の、障子戸の小屋から出てきて、

達　男「これかい」

と、鞄を出す。

山本兄「それやの」

86 道路

車がカーブを切る。山犬がいる。

運転する達男、クラクションを激しく鳴らす。
犬は山に入っていく。カーブを切る。いきなりバスに出くわす。達男、クラクションを鳴らす。舌うちし、クラクションを鳴らす。

達　男「(窓をあけ) どけろ (どなる)」

良太、背もたれに深くもたれ、成り行きを楽しむように見ている。らちがあかないと見て、達男、車のドアをあける。
バスに乗り込もうとして、ドアが閉められているので、車体を蹴り、運転手の側に廻り、

達　男「大きな図体しくさって、狭いとこでもたもたしくさって」

運転手、窓もあけない。達男を無視して、カーブを切って前に少しすすむ。
達男戻って、前が少しあいたところに車を入れる。

山本兄「海中公園できたら、道も広がるんじゃけどの (つぶやく)」

達男はむっとしている。

87　二木島・店の前

基視子、山本の兄さんに大きな包みを渡す。

山本兄「何ない」

基視子、山本の兄さんの左手が包帯しているものだから不自由なのを知り、

持たせたままあけてやる。中から帽子が出てくる。

基視子「はい」

と帽子をかぶらせる。

店から姉が顔を出し、

姉「基視ちゃん」

基視子「あとでゆっくりな」

と、山本の兄さんを送り出す。

姉「なんやあれ」

基視子「ええやないの。ひとつぐらい返したっても」

姉「あんなのも相手にしとるの」

基視子、くすくす笑う。

基視子「楽なもんや。手にぎったら、それだけで有頂天や」

姉「知らんよ。あんなの、だまされたと思ったら、何するか分からんのやから」

基視子「うち、だましてへん。あの、おっさん、勝手に同情してくれよるんから、（ふと気づいたように）ヤキモチ？　あんた、自分の男だけ、守っといたらええやないの。フン。いやらしい眼でみとるの、あのウラナリやからな。胸さわってきたり」

姉「あんたが、わざとしとるんやないの」

基視子「よりもどそうと言いよってきたわ、冗談言わんといて、昔からある二木島の網元のボンボンやと、ひっかけて、一丁いてこましたろという誰かさんと違うんやから、とバチきったった（笑う）」
姉「（あきれはてて落胆したように）あんたなァ……」
基視子「そうやんで、新宮へすぐ行くいうはるやないの。金も、店もどしてもらえるくらい返したし、いつでもいける」

88 家のならびの駄菓子屋の前

五分ほどの距離。
女房が空のバケツを持って歩いてくる。
母親が、駄菓子屋の前で、下の子に菓子をねだられている。

女房「また、バアちゃんに無理言うて」
母親「ええの。これが、達男に買うてもらう約束しとったいうさか」
子供、水鉄砲をいきなりむける。
水がぴっと弧を描いてとび出る。
母親「それでも、あれこれ迷て時間かかるんじゃ」
女房「あの人、いそがしさか（苦笑する）」
母親「まだ若い気でおるのよ」

歩き出し、ふと見る。
山本の兄さん、片手を包帯でつるしあげ、フラフラ歩いている。
母親、顔をくもらせる。
子供にむかって、
女房「もう、兄ちゃん、もどってくるさかね」
母親「ニイさんよ」
山本の兄さん、フラフラと歩いてくる。

89 家の前

母親は、いたいたしげに見ている。
母親「いっぺん、みんなで、じっくり達男に説明するわ」
女房「海中公園の話したら怒るよ」
母親「あの子は優しいんやよ。わしは、ここはええねぇ、ここからの眺めは極楽じゃねと言うとったさか、海中公園つくったらここからどかんならんと思て、反対しとるんや。ねェ、兄さんの言うとおり、わしだけのこと、言うてられん」
山本兄「バス通ったら道いっぱいじゃもの。道だけでもつけてくれるんで、ここはようなる。木本も尾鷲へも抜けられるじゃろしの。いまのままじゃ、ようけ、わし登記書、預っとるんじゃ。売ったってくれんかいと言うが、ここで買う者おらんのに町へ行ても、みつからん。今のままじゃ紙屑やの」

女　房「そうやろねェ」

山本兄「あんたとこら、まだ、ええんじゃ。このあたりの山じゃさか、海中公園の話で高うも売れるが、他はあかんの。あんたらとこが、ウンと言わなんだら、紙屑のままやさか」

母　親「達男に何としてでも言うけどの」

山本兄「あんたとこら、祭りに入るのも、やめてもらおうと言うたもんもおるんじゃ。重油も、悪さしたんじゃないかとも言うとる」

母　親「あれの姉からきかされたけどの。（いきなり憤然としたように）そうやけど、誰も見たもの、おるんではあるまい。二木島のもんも虫がええわ。他人《ひと》のとこが、自分の地所どうしようと勝手じゃのに。神代《かみよ》の昔から、わしらここにおるんじゃから」

女　房「婆ちゃんとあの人が決めることやから」

母　親「おうよ」

山本兄「優しいんじゃけどの。猿取りワナにかかったの、はずしてくれて、大きな病院へつれてくれたんじゃけどの」

母　親「（やったのが達男だと分かったように）達男がかよ」

山本兄「町はちがうの、大きな病院じゃわ」

90　山の中・渓流のそば

仕事おわってかたづけている。

達男、渓流に口をつけて水を飲み、かがんで、手でうけて顔を洗い、ついでに、裸の胸に水をこすりつける。

達　男「アニ、タオルとってくれ」

人夫A、タオルを放る。

タオルを水にひたし、水をすくって、首、胸、腋の下、腕をぬぐう達男。

良太、それを不思議な儀式のように見ている。

91　川・夕方の二木島

ワナがしかけられている。

そのワナのそばで、基視子、川の中から身を起こす。身を起こし立ってから、

基視子「寒い。（と身をすくめる）水の中に入ってたら、冷たさでちりちりして痛て、熱い気するのに」

良　太「アニの真似するさか」

基視子「うち、あの人、はじめてやったんよ。（また、つかる）ちりちりする。熱い。方々、つねられとる気する」

物音がすると思い、茂みの方をみる。

良　太「もう上がれ」

基視子「何で、うちがあの人のこと、考えとるさか、ヤキモチ焼くの？」

くっくっと笑い、基視子、水から上がり、良太の方に歩き、眼の前で、衣服で、体をぬぐう。

良太、無言、ゆっくり立ちあがる。カチャカチャと衣服をぬぐ音。

良太、基視子と向かいあって立つ。

良太、手をのばす。基視子、バシッと頬をはる。

良太、また手をのばす。のがれようとして基視子に倒れかかり、抱きかかえる。

渓流の音がする。

92　店

良太、歩いていく。性の歓喜のような歩き方。
店のドアをあける。
姉「おらんよ」
駅の上から、
K「アホ」
とからかう。

自動販売器から、缶コーヒーを良太買い、いきなりそれをKに投げる。

93 噂の辻

蝙蝠傘。

山本の兄さん、包丁の箱をつぎつぎ、あけている。

流れ鍛冶屋、相手にしない様子。

山本兄「これいくらじゃろ」
鍛冶屋「（パチン）千円でええけど」
山本兄「高いことないか」
鍛冶屋「いろいろあるの、それが一番安いじゃろか」
山本兄「千円か。もっと安いのあったらええけど」
鍛冶屋「何、切るんじゃろ」

考えこむ。

山本兄「何、切るというて」
鍛冶屋「切るものによるけど」
山本兄「千円として、帽子が、まあ、三千円じゃろか、四千円でわし、六十万ほど使とる」

94 自動販売器の横

漁師女が笑いをこらえて、目くばせしている。

漁師女A「（魚の入った箱を積み重ねて）悪いことするもんや。ようけ、だまされたんじゃろか」
漁師女B「取るものだけ取って逃げたんかいの」
漁師女A「どうとでもなれと思とるんよ。昔からあれら、そんなんやから」
達男が歩いてくる。
山本兄「（小走りにかけ寄り、小声で）どこ行ったんじゃろ、あんた知っとるやろ」
達　男「何言うとるんじゃ」
トシオが漁船で入ってくる。
達　男「トシオ」
トシオ、ドサッと船から埠頭に網を放る。またエンジンをかけ、埠頭をはなれようとする。
達男、トシオの方に歩き出し、ついで走り出す。
その後から来た、良太、山本の兄さんにとめられると、つきとばす。
動きはじめた船に達男、とびのる。
良太、間にあわない。
トシオ「金魚の糞《ふん》みたいにつきまとって」
エンジンをフル回転さす。
トシオ「基視子にだまされたと、朝から言うて廻っとるんじゃ」

達　男「（黙っている）新宮に行たんじゃ」
ブイが人の頭のように浮いている。
トシオ「女は分からんの」
達　男「（考えるように海をみている）何ない？」
ブイを指さす。
トシオ、エンジンを落とし、近寄り、のぞき込む。
達男、いきなりつき落とす。
エンジンをフル回転し、船を走らす。
トシオ「アニ、アニ」
バサバサと手を打つが下手。
船はぐるりと廻って、おぼれかかったトシオの前でとめる。助ける。

95　新宮

めかし込んだ達男、トシオ、良太、車からおりる。
トシオ「こんなにぬくいのに雪ふっとるのかい」
達　男「山奥はちがうんじゃさか」

96　商店街

クリスマス歳末大売り出しの飾りつけが方々にある。

サンタクロース、ビラを配っている。
達男、受けとらないが、トシオ受けとる。
その脇をすたすたとリュックをかつぎ手にふろしきを持った流れ鍛冶屋が、
抜けていく。
達男がふり返って良太に教えると、

良　太「オイサン」
鍛冶屋、立ちどまる。
達　男「こんなとこまで、来とるんかい」
鍛冶屋「わし、古座《こざ》やさか」
達　男「歩いてかい」
鍛冶屋「うん、わし汽車に酔うてしまうさか、(思いつめたことを聞くように)明日もクリスマスやの?」
トシオ「今日と明日が、クリスマスじゃ、わしら、パーチィじゃ」
鍛冶屋「おおきに、行くわ」
去っていく鍛冶屋の背に、
良　太「おいさんも、パーティかい?」
鍛冶屋、頭をひとつ下げていく。

97　スナック「愛人」

けばけばしい飾りつけ、ジングルベルの騒音。
入口にドレスの女（チーコ）が立っている。

チーコ「入りなァれ、入りなァれ」
トシオ「（小声で）女か？」
チーコ「じゃかましい、変なこと言うとらんと入んなァれ」
達　男「券、もっとるんじゃ」
チーコ「なんや、（ムッとして）どうみせて、三枚とも（三人の券をみて）アイちゃんか。（トシオに）あんたら、これ、ただで手に入れたんやろ。番号でわかるんやからな、並びの番号ただなんやから」
良　太「３３３３３」
トシオ「３３３３じゃ、アニのは、ただの３じゃ」
チーコ「アイちゃん、アイちゃん、ママさん彼氏、来とるよ。３やて」
基視子「（中から）３の人来たの（大仰に出てくる）ワーッ来てくれたの、入り。（達男にしがみつく）皆な来てくれたの。入り。今日は、タダやから。女の子、三人もおるから、今日は無礼講やからな。触りまくったり」
チーコ「うち、ママやったんやからな」

基視子「(チーコの尻をぶつ) 何言うてるの。穴だらけにして、うちが救いの神でなかったら、あんた今ごろ豚箱やないの。ほら、(チーコをトシオに押しつける) 誰も通らんとこで叫んどらんと、サービスしたり」

トシオ「こんなん」

チーコ「何やの」

基視子「入って、(良太に) ボクも入って」

良太、むくれている。

基視子「うれしい」

と、達男の胸に頬をよせる。

基視子、トシオにしがみついているチーコに小声で耳うちする。

基視子とチーコ「ワーッ」

チーコ「いやらし、処女を捧げたやて、ワーッ、ひとつも面白ない」

基視子、達男をつれて音でわきたつ俗悪なピンクの照明の店内に入り、ボックスに押したおすように坐らせ、のしかかり、キスをし、

基視子「みて、うちの巣よ。ピンクなんよ、ピンクで統一したの」

ポツンと立っている良太を見て、奥のボックスに男といた女を「ケイちゃん」と呼ぶ、あごで良太を教える。

ケイちゃん「かわいらしいネネやんか」
良　太「（巻きついた腕をはらい）ネネじゃないど」
ケイちゃん「ええねえ、かわいらしねェ、つべこべぬかして、カッコええやんか」
　良太、むくれている。
　達男、良太にボックスにすわれと合図する。

98　店の中・ピンクの闇

　良太、ケイちゃんにバンドをはずされ、いじくられている。

　入口から入ってきた男四人。

　トシオにサーヴィスしていたチーコ、
チーコ「入ってぇェ」

　と、立ちあがる。

　ケイちゃん、立ちあがる。

基視子「まっててね。（と達男の耳元に言ってから立ちあがり、男たちにかけよる）やっぱし、来てくれたァ、待っとったんよ、もうチーコなんか乳豆《ちちまめ》がうずくというて、わたしをいじめるの」

客「アイちゃんはどうない？」

基視子「乳豆と違う」

と身をふる。
チーコとケイちゃん、男ら四人のボックスの間に入り、ブラジャーをむきだしにして、騒ぎはじめたので、基視子、達男のもとに来る。

基視子「(良太とトシオに)ごめんなァ、クリスマス・パーティやからなァ」

達　男「かまん、かまん」

達男、基視子を抱きよせる。ひざの上に乗せ、スカートの中に手をつっこむ。

基視子「(耳元で)乱暴にせんといて」

達　男「乱暴にせん」

良太のもとにチーコがくる。
良太あわてて、バンドをしめようとする。
チーコ、良太の手を払う。

良　太「(おびえたように)アニィ」

達男、基視子の胸に頬をすりよせる。
客が二人、入ってくる。
チーコとケイちゃん、ワーッとわざとらしく、うれしげに言って、立ちあがる。
基視子、せつなげに客の方に顔をむける。

99 新宮の銃器店の中（一月二十日）

五十すぎの店員「今年はシシの状態どない」

達　男「まああじゃの」

弾を、作業袋の中に入れる。

店　員「（金を受けとり）年々、林転で少なくなる一方じゃと、苦情を言うが、あれ増えても仕方ないしの」

達　男「まあ、そうじゃ（陳列ケースの中に、一刀彫りの人形があるのをみて）白い装束じゃったら、山の中じゃ犬みたいにみえるじゃろの」

店　員「白装束で、松明《たいまつ》もって、熊野の男の厄払いじゃの」

達　男「おおきに」

と外に出る。

そこで、良太が山本の兄さんに腕をつかまえられているのをみる。

山本兄「おまえら、あの女のとこまで行てくれ」

達　男「何ない」

山本兄「あの、女の出方しだいじゃ、警察に言うんじゃ」

店員のぞいている。

良　太「俺らが何したというんな」

山本兄「おまえらグルじゃ」
達　男「あほなことを言いおって（笑う）」
山本兄「行てくれ。こんな俺をだまして」

100　スナック「愛人」の前

山本兄「連れてきた」
　　　化粧おとした顔のチーコ、出てくる。
チーコ「何言うとるの、うちのママが何したというの」
基視子「どこへでも、つきだしてよ。うち、あんたにお金借りた、そうやんで、この店人手に渡らんと自分のものになった、感謝してる。うちはこの人好きや。何が悪いの」
山本兄「ワナにかけたんじゃ」
基視子「何がワナにかけたんよ。二木島ならいざ知らず、この町の新宮で、オジさんらに旦那づらされたら困ると言うとるのよ」
山本兄「最初から、こいつの二号じゃったんじゃ。こいつが何もかも仕組んだんじゃ。重油、二遍も海にまいたのもこれじゃ。カンカンでてきたど」
基視子「（苦笑する、達男をみて）達ちゃんが二木島で、どうしようと勝手やねえ、誰もとめられん。うち、十四のときから、この人の二号やものねェ」
達　男「おっ、本音はいたな（笑う）」

山本兄「俺は嫁さんにも言うたる。二木島中にも言うたる」
達　男「ニイさん、そりゃ冗談じゃよ」
基視子「（達男の胸に顔をうずめ）オジさんのように、そうゆうてくれたほうが、うち、うれしい。荒くれものやけど、この人の二号にでもなれたら、うち、本望やと思とるんやから」
チーコ「やめや、冗談。世帯もっとる人に冗談言うたら迷惑する」
ムッとしていた山本の兄さん、突然ワナワナとふるえ、くるりと背をむけると、すたすたと歩き出す。
達　男「（笑う）帽子落とすなよ。土地の登記書もじゃ」
良　太「アニ、猿のワナにはめたろか」
達　男「（チッと唾を吐く）むしゃくしゃするやつじゃ」

101　家のかまち

達男、戸をあけて、外に出ようとすると、
女　房「（玄関口にでてきて）二人、いっぺんに熱でたもんやから、起きられんでごめんな」
達　男「（小声で）かまんのじゃ、火祭りまでに、なおったらええが」
女　房「バァちゃんはハシカや言うとるけど」
達　男「そうか、かわりに俺があいつらの分まで暴れたる」

女　房「また（苦笑する）」

達　男「（家を出かかり、小声で、雌握りをしてみせ）おまえ、ちょっといくの早やなったのと違うか」

女　房「（照れて）もう」

達男、戸を開けて、夜が明けかかった二木島の道を待ちあわせ場所にむかって、地下足袋《じかたび》で、ひたひたと歩く。

102　山の中

木の太い幹にむかって斧を入れる達男。コンコンという音に、遠くで走る移動パン屋の音がまじる。

ふと耳をそばだて、廻りをみまわしてからコンコンとやる。

チェーンソーをふるう。

良太が、ワナをバシッとおとす。

チェーンソーの音。腕、震動する体。空をみあげる。

枝が空いっぱいにのびている。

達男、長い愉悦のあとのように、うっすらと涙さえ、たまっている。快楽だと思う。

チェーンソーを再びあてる。

太い木は、画面いっぱいに生命の果てる音をたてて倒れる。

ドシン。地ひびき。

さらに、もう一回、風を切りながら倒れる。

地ひびき。

さきほどより大きくきこえる移動パン屋の音。

達男は絶頂にいる。

いま、自分は強いと思う。

また、斧をふるう。

男ら五人、半裸体で、材木に格闘している。

人夫A「トシオがおどろいとったよ。達男らと一緒に禁区のあたりで泳いでから、豊漁つづきじゃ言うて」

達男「あれが今ごろ、言うとるんじゃな」

人夫A「恐ろし言うとった、（斧をやすめ、丸太を足で踏み）そら、悪いことしとるさか、いくら、よういっとるというても不安じゃろよ」

達男「ありゃ、そんなこと、人一倍気にするんじゃ」

人夫B「気にするなというても、板子一枚下は地獄じゃと、あれら思とるんじゃさか、しょうない」

良　太「チーコという女、恐ろしかったと言うとった」
人夫C「あれが、女をか」
良　太「男みたいな女、熊みたい」
人夫C「達男にそんなのあてがわんと」
達　男「ヘッ」

再び木をきりはじめる。
風が変わる。
日の光が変わり、周囲が粘った緑に見える。
風が強く吹く。
移動パン屋のメロディが大きく割れて風にまじって聞こえる。

人夫C「あかんど、こりゃ大雨じゃ」
人夫A「おくかい」
人夫C「おこらヨー」

風、山の斜面を吹き上がってくる。
いきなり雨。
人夫らは道具を手早くかたづけて持って、大粒の雨の中を下にむかってかけおりる。

人夫A、B、C、先にどんどんおりていく。
達男が止まる。

良　太「（立ちどまり）アニ、はよ行こう」
と下から、どなる。

達　男「（杉の木の上をみて）こりゃ、そのうち止むぞ」

良　太「アニ、皆切り上げたんじゃさか、行こう」
顔の雨をぬぐいながら言う。
達男、杉の大木の下にぴったり立つ。

達　男「止む、止む。山のことは俺が知っとる」
良太、しぶしぶもどり、小走りに杉の大木の下に寄る。
杉の大木の前に大岩がある。
岩の真中が雨で光ってみえる。
それが次第に強く光り、そのうち水がいちどきに、岩から流れ出てくる。

達　男「（岩をみながら）えらい雨じゃ」

良　太「アニ、行こう」

達　男「下へもどるんかい」

良　太「（もう一度）アニ、行こう。アニ、寒なってきた」

達男「いくら、奥じゃいうて、知っとるとこで、行きだおれになるわけであるまい」
良太「寒なってきた」
達男「もっと、そばへ寄ったらええ」
雨が二人に、容赦なくふる。
良太、達男に身を寄せていたが、体を離し、
良太「アニ、俺行く」
と、突然、下の道を走り出す。

103 大木の幹

達男、大木に両手をあげて張りつき、顔に雨をうけている。

雨、止む。

達男の歩む方に風が吹き、樹木がゆれる。

達男、ゆっくりおり、前に進もうとすると、前から風が方向違いだというように吹き、体に木がバタバタ当たる。

顔を手でおさえ、進もうとする。

達男「(つぶやく) わかった」

風の方向へ動く。

山の下におりると渓流がある。

104 山の道

風の道順のように、周囲の樹木がもだえるように、無方向にぐるぐると枝がゆれる。

達男、ひざまずき両手を地面にそえ、水をのむ。

風おさまりはじめ、体をあげると、ピタリと止む。

青い空が山の向こう、山と山の間にみえる。

人夫らの行った後について、達男は、周囲をみまわしながら、ゆっくり歩く。

美しい樹々の緑。

紅葉。

葉の水滴。

ピーンとはりつめた冬の山の風伝《ふうでん》峠。

峠を歩いて渡ると先に、四人が待っている。

屑鉄を満載した、田川製鉄の二トントラックがとまり、人夫らが、その荷台や、助手席に乗ろうとしている。

達男と良太、荷台の屑鉄の上に乗っている。

大きな切り立った岩、達男は、それをじっとみている。

105
神倉山《かみくら》・お燈《とう》まつり

岩の階段。下をみると、目もくらむような勾配。

ライトが煌々とついている。

ライトを消せ！ とどなる者がいる。

達男が岩に足をかけている。

人夫C「（達男をみて、Bに）ちょっと何するか分からんさか、おまえも気をつけて、みといてほしんじゃ」

達男、煙草をすっている。

上からニセの迎え火を持ってきた者がいる。

「ニセじゃ」「嘘の火じゃ」という声と、「わっしょい」という声が入りみだれ、介錯人《かいしやくにん》（世話役）が、ニセの迎え火を取り上げにかかる。

達男、立ちあがる。

人夫Cがとめようとするのを、ふり切って、おどりかかって、迎え火を持つ者を、松明で殴る。血にまみれる男。

ワーと松明が達男めがけて打ちかかるが、人夫Cの救けで、達男は喧嘩の外に出る。

人夫C「おとなしせえと言っとるじゃろ、子供らの分も、二つ持っとるんじゃさか」

腰に二つ、二丁拳銃《けんじゅう》のように、小さな松明をさしている。

達　男「あれら女らに言われて、今日は俺の看守役かい」

人夫Ｃ「（むっとして）おおそうじゃ」

達　男「お燈まつりは男の祭りじゃで。女らのいうこと、きけるか」

人夫Ｂ「喧嘩のせいでも、厄は払えるんじゃ」

達　男「喧嘩じゃない、神さんのふりする不埒《ふらち》なやつを、どついただけじゃ」

人夫Ｃ「おまえが、そんなこと人に言えるもんか、（笑う）ろくでもないことしとるのに、さあ、中に入るど」

松明をたたいて割って、火をつけやすいようにする音がひびきつづける。

人夫Ｂ、Ｃが達男をはさんで、中に入りかかったすぐ後、ワーと山門のところで騒ぎが起こる。門の外から介錯人が入ってきて止め、おさまりのつかないものを、櫂で殴りつけ、乱闘になるが、結局、介錯人らが勝つ。

散った上り子《のぼ》の中に、顔を血だらけにし、白装束のいたるところ泥のついた良太が眼だけ光らせて、柵に手をかけている。

昂りが目立つ若衆を眼でとらえ、松明を握り直して、いきなり殴りかかる。

たちまち乱闘の渦ができる。

介錯人が、五人、入り込んできて、引きわけにかかると、乱闘はパッと散る。

本当の迎え火が運びこまれる。
介錯人が火を中に入れる。
われ先にと火をつける。

106 火

火の海。煙。
達男、人夫B・Cのとめるのもきかず、先頭でおりようと、介錯人らが集まったところに待機した若者らの中に割り込む。

若者「(体をおされただけで)われ、何しとるんじゃい」
と気色ばむ。

達男「なに!」
と顔をむけたとき、門がひらかれる。
若者がとび出し、達男も飛び出す。
達男は先頭集団にいる。
火は一気に石段を駆けおりる。

107 二木島のトンネル

桜の花がほころびはじめている。

108　噂の辻

鍛冶屋が傘を広げている。
そこへ移動パン屋がくる。

109　家の外

女房「皆おる、姉さんらも来てくれとる」
達男「そうか」
女房「ばあちゃんに、あんまり強いこと、言うたりしたらあかんよ」
達男「わかっとる」

達男、中に入っていく。
入口のところに、お燈まつりの松明が三本（大一つ、小二つ）ある。
それが揺れる。
戸を閉める。

110　噂の辻

子供が、上の子はヘルメット姿に、鞄をしょい、学校からの道を来る。
ワーと騒ぎながら、保育園から保母さんに連れられて子供ら来る。
鍛冶屋も移動パン屋も、客一人、漁師の女らも声の方を見る。
子供が弟を見つける。

漁師女Ａ「何、騒いどるの」
と、子供にかけよる。
子　供「ＵＦＯ」
漁師女Ａ「ＵＦＯ？」
子　供「こんなに大っきいの」
漁師女Ａ「お父ちゃん、バアちゃんに、悪さばっかししとると怒られとったか？」
きょとんとしている子供。
漁師女Ａ「どうにかならんもんかね、油、まだこびりついとる、ハマチどころでないんやから、バアちゃんに、山ひとつ売って弁償してほしと皆、漁師ら言うとったと言うたれ、悪いというてもほどがある」
漁師女Ｂ「キヨさん」
と、Ａをたしなめる。
保母が噂の辻に子供らを並ばせ、
子供ら「せんせい、さようなら、みなさん、さようなら」
一斉にあいさつをさせる。
母親らが子供らを連れに来、母親が来ない子は、村の方々に歩いていく。
保母、移動パン屋の方へゆく。

111　達男の家

何でもない普通の、二木島の、けだるい午後。

子供ら二人、戸の前に立ち、
上の子「皆来てる」

子供ら「ただいま」

玄関の戸をあける。

中の玄関に草履、サンダル、靴が幾つもある。

保母が相槌をうちながら、しばらくして、さっき家の中に入っていった二人の子が、保育園の制服を着替えもしないで、外に出て、駄菓子屋に走ってゆく。

しばらくして、二人、オレンジジュースをラッパ飲みしながら出て来、そのまま走ってゆく。

家に入ったと思った途端、「ダンダン」と二発明らかに銃声が、その家の方から聴こえる。

ダン、ダン、ダン。

保母、漁師の女の顔を見て、漁師の女が頷くのを見て、あわてて駆ける。

保母は足がすくみ、もつれ、四つんばいになる。

方々で、音に耳をすます者がいる。

保母のところから、カメラがグラグラ揺れながら進み、入口を入る。

達男が仁王立ちになっている。顔を歪め、それが何ものかへの、いや、愛する小さい者らへの証しのようにダンダン、ダンダンと撃つ。

達男は、折り重なって倒れた子供らを抱えあげる。ジュースのビンが転がり、ジュースが土間に流れ出る。

達男は二人をかかえたまま、窓の外を見る。

窓から二木島の湾が一望できる。はずれに神社があり、その向こうに青い禁区が見える。

子供らを二人よこたえる。歩き廻る。血を体に塗る。

子供ら二人の血のついた腕をなめる。もう一度、同じ場所に仁王立ちになり、外をのぞき、銃を胸に当て、引き金を引く。音と共に後にぶっ倒れる。

112 犬の訓練所

犬の鍵をあける手。

騒いでいた犬らは、外へ転がり出る。

犬は、走り出す。

113　噂の辻

パトカーが止まり、救急車が止まっている。
村の者らは、噂の辻で立ちつくしている。
薄暮になっていく。
パン屋の音楽。
流れ鍛冶屋の手で、パチッと折りたたまれる傘。

114　崖の上（早朝）

犬が伏している。
明けてくる。海と空。炎の色。

115　埠頭

海。湾の中で、そこだけ色が違っている。プクッ、と油の玉が浮き、油膜が広がる。
またしばらくしてプクッと浮く。漁師が気づく。茫然《ぼうぜん》と立つ。
トシオも混えた漁師らが、漁協で立ちつくす。
海はそこだけ色がくっきりと違う。
炎に燃え上ったように陽が射すと光る。
パシッとワナが落ちる音。

〈終〉

ノート

映画のシナリオをかくために、映画という夢の機械を考えることになった。その結果が、この『火の文学』に収めた「火まつり」である。

映画は、シナリオをもとに機械（撮影機↕映写機）を中軸にした分業（労働）によってフィルムに定着されていくのであるが、それ故に、あえて言うならここに収めたオリジナル・シナリオ「火まつり」は、上映されるフィルム版「火まつり」とはっきりと区別されてしかるべきだ。シナリオを読んで映画を観る、あるいは映画を観てシナリオを読む、という行為があれば、シナリオも映画もそれぞれ独立性を保てず相互浸透を起こすので、私が目ざすシナリオと映画の分離は泡に帰すが、しかしながら、このシナリオだけを読み、映画を観ない、というシナリオ・ライターにとっては願ってもない読者が存在することを信じて、このノートを記す。

このシナリオは、まず映画論なのだ。映画論はシナリオの現場で、人と物という主題に解体される。

主人公達男は、作ののっけから、物を使う人類として登場する。樹木を斬る行為は、何によって支えられるか。人の腕が曲がり、人が他の動物とははっきり違って立つことができるからである。シナリオは、人が立つことができること、人の腕が曲がり、足が屈伸できることを写せと指示している。

樹木、樹木の繁茂、したがってそこは森だ。類人猿から人に進化するのを保障したあの森だ。シナリオのテーマは冒頭からくっきり出ている。何度も言うが、人と物。人と道具。道具はシナリオ中で、幾つものヴァリエイションを生む。達男の持つ斧。チェーンソー（機械）。猟銃。達男はサルを狩る。これはサルの側から見れば、道具を持っていないから、達男に狩られる。

達男は、山で何を感じとめているのだろう。サル↕人、という関係で言うなら、人↕神か？そうであるが、違う。というのも、サルと人の間に介在した物。道具のような差異が、人↕神の間に存在しない。

おそらくフィルム版「火まつり」を観た百人中百人まで、サル↕人、人↕神という図式を観て、神秘的な神を達男が感じている、と名差すだろう。しかしシナリオ「火まつり」では、決して抽象的で実体のないものを神と名差していない。サル↕人、人↕x。その空白のxに入るものは、具体的でなおかつ抽象的なもの、実体があってなおかつ実体のないもの、という媒介物を通したものでなければならない。

x、それを私は、映画という夢の機械としたのである。映画、夢の機械。快楽の機械。もちろんシナリオの中においては、作中に多出する鉄と火のイメージの導くように、金属神あるいは機械神というものと、映画という夢の機械は連動する。

かようなように、映画は小説家には魅力的なテーマだ。映画という夢の機械、快楽の機械は、強力な物語の装置である故に、絶えず自己言及的であり、玩物喪志《フェティシズム》の契機を持つ。自己言及性は筋（プロット）の中に巣喰い、玩物喪志は映画という夢の機械が開発したアップ・パン、あるいはクレーンを使っての撮影のような技法の中に巣喰う。自己言及性も玩物喪志も、映画の中では二重束縛《ダブルバインド》状として顕われる。この二重束縛が、映画の両性的性質をつくり出す。

さて、シナリオを今すこし解説しよう。まず解かれるべきは、話者は誰か？　という問である。フィルム版「火まつり」は、話者を、クレーンを使っての撮影で暗示するように神秘的な神においているが（実のところ神秘の神などではなく、それは映画という機械なのであるが）、このシナリオは、あと二つのヴァリアントが可能なのである。一つは〈噂の辻〉にたむろするコロス群たる人々、あと一つは少年良太。

少年良太の視点に即してシナリオをフィルム化すれば、映画は立体化する。良太は、小鳥を獲るワナを教わる。ワナ。水糸一本で立木の弾力を利用してつくるワナは、中に赤い実をまく。ワナはさながら女陰のようだ。ワナは次々仕掛けられる。ワナはサルに向けられ、さらに人に向けられる。人に向かって仕掛けたワナは、山本の兄さん、さらに基視子へと移り、達男に向けられる。

ワナ、聖供を獲る場所。良太は、聖供として達男を追い込む。重油を三度、魚の養殖生簀にまく。聖供として達男はきわだつ。しかし達男は、愛する者らを道づれに一家惨殺し、死ぬ。

良太は、達男を狩れなかったことを知る。おそらく良太は、新たな達男として生きる。バシッとワナが落ちる音がする。

このようにヴァリアントが存在することを許容してシナリオが成り立つのは、映画の領域の人間でなく、小説というジャンルでフィールドワークを繰り広げて来た小説家が書いたからなのであろう。あたり前のことだが、小説家は、自分の書いた小説をテキストとして存在させるためにあらゆる手を打つ。テキストはポリフォニックになる。一つの解読しかないテキストなどありえない。

小説家の書いたシナリオは、フィルムを解読の一つとして扱う。テキストとしてのシナリオ「火まつり」の読解の一つが、フィルム版「火まつり」なのだ。

これは尋常の映画製作から言えば、おそろしく倒錯した認識になる。映画製作という分業労働から一つはみ出し、権力の中心化に異和を唱え、反乱しているようなものなのだ。単純に見取り図を言えば、本来、映画「火まつり」という権力が一つしかないテキストが、シナリオ版「火まつり」とフィルム版「火まつり」の二つの権力の中心に割かれてある、ということだ。

フィルム版「火まつり」の監督の苦労は、この新種のシナリオ・ライターの出現のせいだ。本来なら、映画という権力一つに君臨し、シナリオを映画という強力な物語の装置の抑圧のもとに置けたものを、ポリフォニックなシナリオというテキスト措定により、みずからの腹を二つに割くように権力の非中心化に甘んじなければならない。

しかも、ポリフォニックなシナリオというテキスト措定自体が孕む矛盾で、映画あるいは映画監督に猛烈な嫉妬がわき起こる。監督個人に嫉妬はしないが、映画と映画監督に嫉妬する。それだけ映画が眩ゆいからだが、考えてみれば、私の日夜書いている小説は、この映画という夢の機械から実にたくさんの技法を導入しているのである。おそらく私は、映画を中心に、テレビドラマ、演劇、能、田楽、ミュージカル、あらゆるジャンルに浸透していって、言葉、肉体、声という三つの命題を考えつめる契機をつくろうとするだろう。きっかけは、この「火まつり」というシナリオである。先に「かなかぬち」という、やはり金属神を主題にした戯曲を書いているが、一回目は事故のようなもの、二回目の「火まつり」から本気で浸透を考えはじめたのである。

中上健次

〔以上、1985年6月『火の文学』所収〕

P+D BOOKS ラインアップ

大陸の細道　木山捷平　●世渡り下手な中年作家の満州での苦闘を描く

若い詩人の肖像　伊藤 整　●詩人の青春期の成長と彷徨記す自伝的小説

小説 大逆事件（上）　佐木隆三　●近代日本の暗部を象徴した事件に迫る

小説 大逆事件（下）　佐木隆三　●明治44年1月「大逆罪」の大審院判決が下る

女のいる自画像　川崎長太郎　●私小説作家が語る様々な女たちとの交情

暗い流れ　和田芳恵　●性の欲望に衝き動かされた青春の日々を綴る

P+D BOOKS ラインアップ

小説 みだれ髪　和田芳恵　●著者の創意によって生まれた歌人の生涯

なぎの葉考・しあわせ　野口冨士男　●一会の女性たちとの再訪の旅に出かけた筆者

暗い夜の私　野口冨士男　●大戦を挟み時代に翻弄された文人たちを描く

故旧忘れ得べき　高見 順　●作者の体験に基く〝転向文学〟の傑作

貝がらと海の音　庄野潤三　●金婚式間近の老夫婦の穏やかな日々を描く

せきれい　庄野潤三　●〝夫婦の晩年シリーズ〟第三弾作品

P+D BOOKS ラインアップ

幼年時代・性に眼覚める頃　室生犀星　●犀星初期の〝三部作〟を中心に構成された一巻

冬の宿　阿部知二　●映画化もされた戦前のベストセラー作品

天上の花・蕁麻の家　萩原葉子　●萩原朔太郎の娘が描く鮮烈なる代表作2篇

父・萩原朔太郎　萩原葉子　●没後80年。娘が語る不世出の詩人の真実

光　日野啓三　●近未来の東京〝喪失と新生〟の物語

海軍　獅子文六　●「軍神」をモデルに描いた海軍青春群像劇

（お断り）

本書は２０１６年９月に小学館より配信された『中上健次電子全集６』を底本としております。あきらかに間違いと思われるものについては訂正いたしましたが、基本的には底本にしたがっております。また、一部の固有名詞や難読漢字には編集部で振り仮名を振っています。

本文中には漁師、亭主、人夫、情婦、インラン、バイタ、野蛮人、パンパン、朝鮮、支那、日傭賃、賄婦、アバズレ、朝鮮べべ、ヤトナ、インバイ、妾、売春婦、ビッコ、土方、百姓、ウラナリ、二号などの言葉や人種・身分・職業・身体等に関する表現で、現在からみれば、不当、不適切と思われる箇所がありますが、著者に差別的意図のないこと、時代背景と作品価値とを鑑み、著者が故人でもあるため、原文のままにしております。差別や侮蔑の助長、温存を意図するものでないことをご理解ください。

中上 健次（なかがみ けんじ）
1946年（昭和21年）８月２日―1992年（平成４年）８月12日、享年46。和歌山県出身。
1976年『岬』で第74回芥川賞を受賞。代表作に『枯木灘』など。

P+D BOOKS とは

P+D BOOKS（ピー プラス ディー ブックス）とは
P+Dとはペーパーバックとデジタルの略称です。
後世に受け継がれるべき名作でありながら、現在入手困難となっている作品を、
B6判ペーパーバック書籍と電子書籍を、同時かつ同価格で発売・発信する、
小学館のまったく新しいスタイルのブックレーベルです。

火まつり

2022年8月15日　初版第1刷発行
2024年2月7日　第2刷発行

著者　中上健次
発行人　五十嵐佳世
発行所　株式会社　小学館
〒101-8001
東京都千代田区一ツ橋2-3-1
電話　編集　03-3230-9355
販売　03-5281-3555
印刷所　大日本印刷株式会社
製本所　大日本印刷株式会社
装丁　おおうちおさむ　山田彩純
（ナノナノグラフィックス）

ISBN978-4-09-352446-9

P+D BOOKS